JN228917

SSSS.GRIDMAN

NOVELIZATIONS Vol.1

～もう一人の神～

Written by Yume Mizusawa
Illustration by bun150
Original Work by SSSS.GRIDMAN

水沢 夢

［イラスト］
bun150

原作:SSSS.GRIDMAN

SSSS.
GRIDMAN

NOVELIZATIONS Vol.1

Written by Yume Mizusawa
Illustration by bun150
Original Work by SSSS.GRIDMAN

CONTENTS

ELAPSED TIME

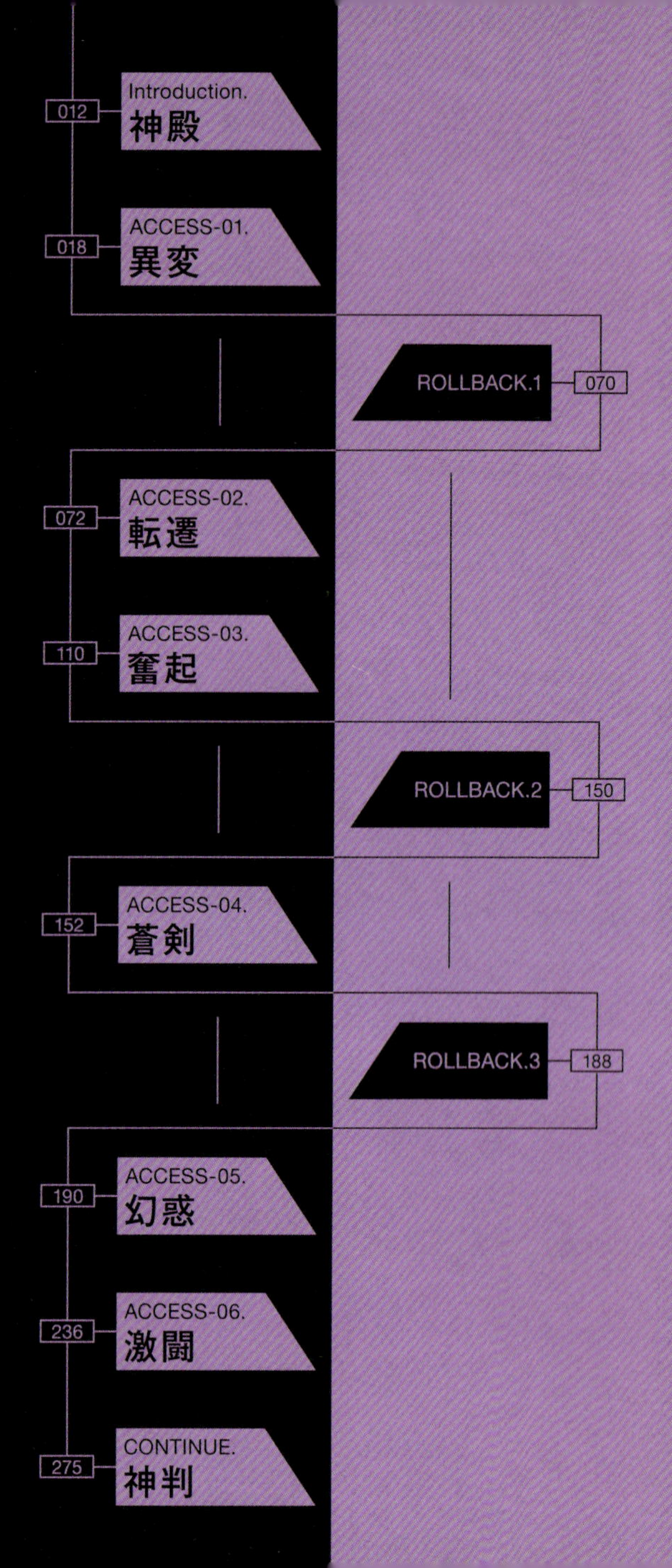

SSSS.GRIDMAN

NOVELIZATIONS Vol.1

～もう一人の神～

水沢夢

|イラスト|bun150

|原作|SSSS.GRIDMAN

Written by Yume Mizusawa

Illustration by bun150

Original Work by SSSS.GRIDMAN

響裕太
YUTA HIBIKI

ツツジ台高校に通う記憶喪失の少年。アクセスフラッシュでグリッドマンと一体化する。

グリッドマン
GRIDMAN

別世界からやって来たハイパーエージェント。普段は中古パソコン「ジャンク」に宿っている。

内海将
SHO UTSUMI

裕太の友人。アニメや特撮が趣味。裕太、六花とともに「グリッドマン同盟」を結成する。

宝多六花
RIKKA TAKARADA

グリッドマン同盟の一員。アカネの友人であり、その正体を知ってもなお、彼女を想い続けている。

新条アカネ
AKANE SHINJO

裕太たちの同級生で、人当たりのよい人気者。実は怪獣を使ってツツジ台を作り出した神様というべき存在。

SSSS.GRIDMAN あらすじ

ツツジ台に住む少年、響裕太はある日、目を覚ますと記憶喪失になっていた。
戸惑う裕太に、中古パソコン「ジャンク」の画面に映った“ハイパーエージェント”グリッドマンが、
使命を果たすよう語りかける。
やがて裕太の街に怪獣が現れ、裕太はグリッドマンとアクセスフラッシュしてこれを撃退。
友人の内海将、宝多六花や、グリッドマンの支援者・新世紀中学生の面々に助けられながら、
裕太は怪獣から街を守る日々を送る。
そして彼らは、今まで戦ってきた怪獣が、クラスメイトの新条アカネによって創り出されたものだと知る。
ツツジ台高校の学園祭の日、アカネは強力な怪獣・メカグールギラスを用いてグリッドマンに挑戦するが、
裕太たちはこれを退ける。
度重なる敗戦により、アカネの心は均衡を失い始めるのだった。

その街には、神殿があった。

神殿は磨き抜かれた厳かな石に囲まれているわけでもなく、咲き誇る花々に包まれているわけでもない。それどころか、外からはごく普通の一軒家にしか見えない。
しかし——神の座する場所をそう呼ぶのならば、ここは正しく神殿だった。

その家屋の二階、廊下の奥は、普通の中にあって異様な部屋だ。

部屋の面積の大部分が複数の大きな棚で占められており、僅かに残ったスペースは、膨れ上がった無数のゴミ袋で埋め尽くされている。足の踏み場もないとはまさにこのことだ。

一軒家の中の一室にすぎないとはいえ、居住空間としては到底機能しないだろう。

部屋の大半を占めるガラス張りの棚には、数え切れないほどの模型が陳列されている。

怪獣だ。

多種多様な怪獣の人形が、整然と並んでいる。

そんな不気味ささえ漂う部屋の奥。ゴミ袋の侵略を逃れ、申し訳程度に残ったスペースで、一人の少女が椅子に座っていた。

黄昏に似た電球色に包まれた部屋で、長机の上にある二台のモニターだけが白い光を放っている。

眼鏡のレンズにそのモニターの光が反射し、少女の瞳は窺(うかが)えない。

「チッ……」

露骨な舌打ちが室内に反響する。

彼女は椅子を限界までリクライニングさせて背をもたれ、素足を机の上に無造作に投げ出していた。苛立っているのか、踵(かかと)で机を叩いている。

かと思えばもう片方の足は、脱ぎかけて途中でやめたらしきストッキングがくるぶしの所で丸まっていた。

学生服の上に羽織ったパーカーは着崩されており、豊満な双丘が覗く。

そんなだらしのない格好でも、少女がすると話が違う。若さと美しさを存分に見せびらかすような、挑発的な姿だった。

無論、この少女にそんな意図は欠片(かけら)もない。

他人に美を誇示するなど、同じ人間同士で行う些末事(さまつごと)だ。

彼女――新条(しんじょう)アカネにそれは必要ない。

唯一無二、この世界の神である彼女には。

〈やあアカネくん、また嫌なことがあったみたいだね？〉

机上のＰＣモニターの一つに、いつの間にか黒装束の何者かが映し出されていた。

青い炎が揺れる頭部は、鬼火を連想させる。

骸骨の剥き出しの歯を思わせる口許は断続的に発光しており、サングラスのような目の奥には妖しい光が揺らめく。

そんな見た目とは裏腹に、アカネにかける穏やかな声は、愛娘(まなむすめ)への父親のそれだ。

モニターの中で微笑(ほほえ)む黒ずくめの者は、アレクシス・ケリヴ。

Ａ・Ｉなどではなく、自分の意思を持った存在。

そして神であるアカネの唯一の理解者であり、支援者だ。

「道ですれ違ったトラックがさー、思いっきり排ガスかけてきて。それがもう、すっごい煙いの」

アカネは大仰な溜息の後、そう捲(まく)し立(た)てた。

〈いやはや、それは災難だったね……〉

アレクシスは、労(いたわ)りの言葉をかける。

あまりにも優しいその声は、傍で誰かが聞いていれば空々しさすら感じただろう。

「だからその運転手、殺すんだけどさー」

〈なるほど。今は、そのためのアイディアをまとめている最中なんだね〉

当然のようにそう告げるアカネに、アレクシスも喜色を含んだ声で続ける。

空恐ろしい光景が展開されていた。

アカネには、車の排気ガスの有毒性など何の意味も為さない。本来、どうでもいいことだ。

彼女にとって重要なのは、自分の面に不快な煙を吐きかけられたという事実と、それに苛立ったという情動だけだ。

東京都ネリマ市ツツジ台。

ごく普通の都市であるこの街で、その運転手はたまたまトラックでアカネの傍を走行し、たまたま悪いタイミングで車体が排気ガスを噴いた。

たったそれだけの理由で、今から消し去られるのだ。


こじんまりとした机の上で、処刑執行人が生み出されていく。

デザインナイフですらない、ごく普通のカッターナイフを用いて、器用に石粉粘土のようなものを削っていくアカネ。

〈でも、難しく考える必要はない。今は思うがままにたくさん怪獣を創って、どんどん慣れていくといいよ〉

「まあそうなんだけどさー。やっぱこだわりって大事じゃん？」

〈おお、確かにそのとおりだ。さすがはアカネくん！〉

そうして賞賛したきり、アレクシスはアカネの作業を見守っていた。

しばらくの間、カッターの擦過音だけが室内に響く。

ぼんやりと輪郭が完成し始めたそれは、四足歩行の怪獣のようだった。

「やっぱガスにはガスかなー。あ、でもガスはもう、アレが外でずっと吐いてるし……かぶるー！」

何が楽しいのか、アカネは机を叩きながらけらけらと笑う。

〈どんな怪獣が出来上がるのかな。それを見るのが、今から楽しみだ〉

アレクシスも、穏やかな口調で期待の言葉をかける。

「ん～～～～」

ややあって、アカネは怪獣の人形を無造作に手で払った。

「これやーめた」

せっかく完成が近づいていた人形は床に落ち、ひしゃげてしまう。

アカネは紙粘土へ一瞥もくれず、飛び跳ねるようにモニターへと顔を近づける。

「ねぇアレクシスー。ちょっとやってみたいことあるんだけど、頼んでいい？」

そして、薄笑いを浮かべながら甘えるような声を出した。

〈もちろんさ。アカネくんのお願いなら、何でも聞くよ〉

「ふふふ、ありがと。それじゃあ――」

新条（しんじょう）アカネ。

彼女がまだ、何人に脅かされることもない絶対の神だった、とある日。

そんな談笑が、神殿の中で木霊（こだま）していた。

校門を潜る前、響裕太はふと足を止めた。

快晴の空の彼方に、蜃気楼のように浮かぶ異形の影。

怪獣は、今日も変わらず存在している。

「どうしたんだよ裕太、早く行こうぜ」

一緒に登校してきた彼の親友——内海将が、校門の前で突っ立っている裕太の肩を叩く。

「うん」

裕太の通うツツジ台高校は二日間にわたる学園祭、〝台高祭〟を無事に終了し、今日はその片付けを行う登校日だ。

校庭では、早くも生徒たちが飾り付けや屋台の撤去に取りかかっている。

ちょうど、黄色いゆるキャラを模した入場門が解体されているところだった。

裕太は、作業に勤しむ校庭の生徒たちへと視線を送った。

彼らは、誰も覚えていない。

二日前、この校庭を数十メートルの巨人が闊歩し、それを見て唖然としていたことを。

その巨人が、同じく数十メートルの巨大怪獣と街で戦いを繰り広げたことを。

そして彼らは、誰も知らない。

そんな怪獣との戦いが幾度となく繰り返され、街が破壊され、その度に修復されてきたことを。

それら全てが、この学校に通う一人の女子生徒が行っているということを――。

「また、一段とぼーっとしてんなあ。大丈夫か？」

内海に指摘され、苦笑する裕太。普段からぼーっとしている自覚はある。

「今日は新条さん、来てるかなって思って。学園祭、結局二日とも休んだみたいだし」

それを聞いた内海は、所在なさげに頭を掻いた。

「あー。どうだろ……」


数年ぶりに開催された台高祭は、ツツジ台高校の学生たちにとって一大イベントだったが、裕太たちグリッドマン同盟にとっては試練の時でもあった。

この世界の神だという新条アカネは度重なる敗北に業を煮やし、とっておきの怪獣を引っさげて裕太たちに挑戦状を叩きつけてきた。

〝台高祭当日に学校を怪獣に襲撃させるから、グリッドマンはそれを止めてみろ〟

大胆不敵な犯行予告だった。

その上内海（うつみ）と、もう一人のグリッドマン同盟のメンバー・宝多六花（たからだりっか）が、些細（ささい）な言い合いが元で険悪な雰囲気になりもした。

そんな状況でもそれぞれが最善を尽くし、知恵を絞ったおかげで、学校への被害を未然に防ぐことができた。

肝心の戦闘についてだが……アカネが送り出した怪獣メカグールギラスは、彼女の自信に違わぬ強力な怪獣だった。

だがこれも、グリッドマンと新世紀中学生の力を結集したフルパワーグリッドマンの力で、勝利を収めたのだった。

これまでと同じように、怪獣の撃破の後で街は修復され、人々の記憶もリセットされた。台高祭は無事に開催することができた。

しかし祭りを楽しむ笑顔の生徒たちの中に、新条（しんじょう）アカネの姿を見つけることは終（つい）ぞ叶わなかった……。

「学祭嫌いだとか言ってたけど、新条アカネが来なかった理由はそれだけじゃないだろうしなあ……」

内海が話すのを聞きながら、裕太（ゆうた）は歩みを進めたが――

「――――っ」

はっと息を呑み、再び足を止めた。

校門の中へ足を踏み入れる一瞬。

薄い膜を突き破ったような、奇妙な感覚に襲われたのだ。

矢庭に振り返っても、そこには何もない。

「……おい、裕太？」

「ああ、ごめん。何でもない」

また内海に急かされる前にと、裕太は昇降口へと向かった。

それぞれの教室に向かう生徒たち。あるいは、飾り付けの片付けをしている生徒たち。

喧騒（けんそう）に包まれた廊下を歩きながら、裕太はなおも不安を吐露（とろ）する。

「次に新条さんに会った時、何を話せばいいのかな」

「まだ言ってるし。一応今日までが台高祭ですよ？」

内海は帰るまでが遠足と言わんばかりに、裕太のテンションの低さを窘（たしな）める。

「だって、今までも話し合いをしようとしても、失敗してばかりだったし」

「そんな弱腰でどうすんだ。お前、グリッドマンだろ！」

「いや、俺はグリッドマンと合体しているだけで……」

内海は煮え切らない態度の裕太の華奢な背中を、平手で打つ。

「グリッドマン同盟は、新条アカネの挑戦を受けて、そして勝ったんだ。あいつには今度こそ、俺たちの話をちゃんと聞く義務がある。だろ？」

そして、真剣な面差しでそう諭した。

「内海は新条さんに言うこと、決まってるの？」

「え？　そ、そりゃあ……まず……怪獣を作るのはいいが、人様に迷惑をかけないように！とか……」

いや、そもそも怪獣を作ること自体やめてもらわないといけないのでは……とは思うものの、裕太には内海が頼もしく見える。

「それならよかった。頼むよ、内海」

「お、おう……いいよ？　ビシッと言ってやるっての。まあ、今日も来てないかもしれないけどなあ……」

来ていたら困るような雰囲気を漂わせながらも、内海はそう安請け合いをした。

１－Ｅの教室にやって来た二人は、前側の出入り口から教室内をそっと窺った。

「あ、新条さん来てるみたいだ」

「マジか……」

教室の窓際の一番後ろの席。

そこにいつもどおりに座るアカネの姿を認めた裕太と内海は、ぎょっとして後退った。

「新条……さん……!?」

アカネの姿は、数日前に見た時と明らかに違っていた。

内海が奇跡のような存在だと評する美少女・新条アカネの容姿でまず目を引くのは、艶やかな明るい色の髪の毛だった。

それが今日は、唐突に黒く染められている。

その黒髪を力無く垂らし、他に視線の置き場所がないかのように俯くアカネ。何とも儚げな雰囲気を醸し出していた。

「いやいやいや何だよあれ、めっちゃイメチェンしてんじゃん、黒髪じゃん！」

内海がしきりに袖を引っ張るので、裕太もうんうんと何度も頷く。

そしてもう一つ。伊達なのかは不明だが、今日は眼鏡をかけている。

「やっぱ……新条の眼鏡、不意打ちすぎんだろ……！」

内海は自分も同じく眼鏡をかけています――とアピールするかのように、指で眼鏡のフレームを摘んでしきりに上下させる。

「……えと、じゃあよろしく……内海。ビシッと言ってくれるんだよね」

「無理無理無理、あれは想定外！　考えてた台詞全部飛んだ!!」

「でも黒髪とか眼鏡とか言って、きゅんとしてただろ。それきっかけで話してるうちに、何言おうとしてたかも思い出すんじゃ……」

「きゅんとしてる時こそ女子に迂闊に話しかけらんねーんだよ、わかれよ!!」

「わかる……!!」

教室の出入り口の前で立ち止まったまま、裕太と内海はそんなやりとりをしながらお互いを肩で小突き合う。

「………何してんの、二人とも」

「「のぁっ!?」」

声を上擦らせて振り向く裕太と内海。

タイミングの悪いことに、六花がちょうど教室へとやって来たところだった。

背負ったリュックのベルトを片方掴んだまま立ち尽くし、呆れたように目を細めている。

男子二人でもじもじしているところを、バッチリ目撃されてしまった。

自動ドアよろしく、裕太と内海は出入り口の左右に割れる。

特に興味もないのだろう、それ以上追及せずに教室へと入ろうとした六花だったが……やはり、裕太たちと同じような反応になった。

「えっ……アカネ……!?」

思わず裕太へと振り返る六花。裕太は無言で何度も頷く。

裕太たちは三人揃って廊下の窓際に歩み寄り、今度はよりアカネの席に近い、教室の後ろ側

の出入り口へと移動した。

「あれどう思う、六花……」

「どうって言われても……ええ……？」

裕太に問われ、六花はあらためてアカネの席へと視線を向ける。だが何度見ても、困惑が増すばかりだった。

『ここに住む人は、みんな私のことを好きになるようになってる。だから、私と六花は友達なんだよ』

『私は……アカネの友達として生まれたの？』

『私の友達として、私の怪獣から作られたんだよ』


先日アカネからそんな驚くべき告白を受けたが、今の驚愕はそれにも勝るかもしれない。

「あれは、不器用な降伏宣言とみたね」

ようやく落ち着いてきたのか、親指と人差し指で作ったL字を顎に当てて不敵に笑う内海。

「降伏？」

裕太が怪訝な表情で内海に向き直る。

「新条だって、今さら素直にごめんなさいって言えないんだろ。だからイメチェンして形から入ってんだよ。『反省しました』……ってさ」

「キモ……」

六花の軽蔑の視線を受け、内海は「うっ」とたじろぐ。

「女子のイメチェンって、そんな重いものでも軽いものでもないから」

「重くも軽くもないって、どっちなんだよ……」

内海の指摘はもっともだ。とはいえ裕太は、六花の言わんとしていることも何となく理解できる気がした。

「それに、変だよね。新条さんの席の周り……」

「ああ。あんだけの変化に誰も気づいてる感じがしない」

「えっ……じゃあ、みんなにはいつものアカネと同じに見えてるってこと？」

三人がそう考えるのも無理はない。

クラスの人気者であるアカネの席の周りには、常に誰かしらいることが多い。

ましてやあれほどのイメチェンを果たしたとあれば、ホームルーム前にその話題で盛り上がるのが当然だろう。

しかしアカネの席の近くには今、誰もいない。興味を引かれている様子もない。

当のアカネはあまりにも微動だにしないので、呼吸をしているのかさえ疑問に思えてくる。

「……私、ちょっと話してみる」

六花は意を決して教室の中に入っていった。そのまま真っ直ぐ、アカネの席へと向かう。裕太と内海も仰々しく頷き合うと、彼女の後に続いた。

「あの。おはよ、アカネ」

六花が挨拶をしても、アカネは返事をしない。俯いたままで、顔を向けようともしない。それでも六花はめげずに、空席となっているアカネの前の席へと座った。

「体調悪いって聞いたんだけどさ、もう大丈夫?」

アカネが学祭を休んだ理由は、体調不良としてクラスに伝わっていたようだ。額面どおりの欠席理由ではないとしても、調子が悪いのは嘘ではないはず。六花がそう思って心配の言葉をかけても、やはりアカネの態度は変わらなかった。

「全然反応ないな」

「なんでだろ……」

様子を窺いながら、内海と裕太が小声で話し合う。

「……ア、アカネさ……雰囲気……」

見た目の変化について触れようか迷う六花。

「…………」

すると唐突に、アカネが六花の方を向いた。六花はビクリとしながら彼女を注視する。眼鏡のレンズの奥の瞳は、生気を失ったように虚ろだった。

「──アカネ。どうしたの？　ホント大丈夫？」

六花の声が真剣味を帯びたのを察し、離れて見ていた裕太と内海もアカネの席へ歩み寄る。

「新条さん」

裕太が話しかけると、アカネは緩慢に振り返った。

「アカネ……。新条、アカネ……」

わざわざ自分で自分の名前を復唱するアカネ。

「わからない……」

かすれた声でそう続けたところで、チャイムが鳴った。

裕太と内海、六花は言葉を失い佇んでいたが、担任が教室にやって来ると慌ててそれぞれの席へと向かった。


「えー、まずうちのクラスはもうほとんど片付けは残ってませんが、部活で出し物があった人はそっちの方。手の空いた人は……実行委員に聞いて、校内の片付けの方を手伝ってください。それと──」

担任教師が、今日のおおまかな流れを説明していく。

これからやるのはただの片付けなのに、それでも彼の声は、少し嬉しそうに感じられた。

裕太は、六花が『先生、変わった気がする』と言っていたことをふと思い出した。

そしてそれはグリッドマンの影響ではないか、と冗談めかしたことも。

裕太（ゆうた）は横目で隣の席を見やった。

アカネは、机に視線を落としたままだった。


ＨＲが終わり、担任が教室を後にする。クラスメイトたちは、のんびりと作業に取りかかり始めた。所属する部活の作業へ向かうためか、ちらほらと教室を出ていく生徒も。

裕太たちのクラスは、『男女逆転喫茶』という出し物だった。

衣装こそ奇抜なものの、教室の内装自体はシンプルなもの。担任の言うとおり、後始末は昨日あらかた終わらせている。片付け日の今日に行う作業はほとんどないのだ。

そうして教室内が騒がしくなり始めても、アカネに話しかける者は誰もいない。

「裕太ー。『外の片付け手伝いに行こうぜー』」

内海（うつみ）が裕太に声をかけてきた。教室を出ようと誘っているのだ。

教室の前の方で六花（りっか）は友人のなみこ、はっすと話していたが、裕太たちの方を一瞥（いちべつ）すると、彼女たちとの話を切り上げたようだった。そうして速やかに教室を出て行く。

男子と一緒に教室を出てなみことはっすにからかわれないよう、タイミングをずらしたのだろう。

裕太と内海は、生徒の姿のない空き教室の前で六花と合流した。

ここは裕太、内海、六花のグリッドマン同盟の三人が、新条アカネの挑戦を受けるにあたり『作戦会議』を行った場所だ。

「アカネ、どうしちゃったんだろ。絶対、変」

「六花にも、イメチェンした理由は話したくない感じだったなー」

内海には、さすがにもう朝のような浮かれた色は見えない。

「あれ、イメチェンとかそんなのじゃないって。何か、別人になったみたい」

変わり果てたアカネのことを思い出し、沈鬱な面持ちになる六花。

「なんか心ここにあらずって感じだったし。私のこと無視してるっていうより、呼ばれてるのが自分だって気づいてないみたいで……わからないとか言ってたしさ」

「はっ。もしかして新条さんも、記憶喪失になっちゃったとか」

大真面目な顔で仮説を立てる裕太。

内海は呆れた目でたっぷりと見た後、溜息をついた。

「お前ね。すんなり受け容れちゃって感覚が麻痺してるかもしれないけど、記憶喪失ってのはそうそうなるもんじゃないからな」

「別に俺も、すんなりは受け容れてないよ……」

ただ、受け容れるよりほかなかっただけだ。

「記憶喪失はちょっと違くてもさ、それに近い感じになっちゃってるのかも……」

実際にアカネと会話した六花は、裕太の発言も真っ向からは否定はせずそう補足した。それだけ、間近で見る彼女の雰囲気が異質なものだったのだ。

「何もかも忘れたくなるぐらい、ショックだったのかな。今回のこと」

「そりゃショックは受けてもらわないとさ……いつまでも同じこと続けるだろ、新条」

親友を気遣う六花を、内海も言葉を選んで諭す。

スタンスの違い——親友であるアカネを第一に考える六花と、怪獣とどう戦うかばかりに目が行きがちな内海とでは、意見の対立を生むことがままあった。

それが極まって生まれた大きなわだかまりは、学園祭の最中に互いに謝ることでやっと解けたのだ。

内海は、またつまらない言い合いから同じ轍を踏まないよう気をつけている。

「まあ俺だって、新条にあれこれ言うつもりはねーから」

「えっ」

今朝と言っていることが違う。思わず反応した裕太をスルーし、内海は言葉を継いだ。

「けど……あの人がこの先二度と、怪獣で悪さしないっていう誓約と保証は欲しい。だろ？」

「うん……」

六花は、躊躇いがちに同意する。

怪獣が現れる度(たび)、家族や友人の無事を願ってきた。そしてその危険から街を護(まも)る裕太の身を案じてきた。

二度と怪獣が現れないで欲しいし、アカネにそうさせるべきだと思っているのは、六花も同じだ。

「とりあえず、新条さんがまいってるのは確かみたいだし。俺たちから何か話すのは、まだやめておいた方がいいね」

裕太がそう提案すると、六花も無言で首肯(しゅこう)した。

「だな。むしろ変に刺激して、心変わりされたら――」

内海ははっとして、その先の言葉を引っ込めた。また余計なことを言いかけたと、肝を冷やしたのだ。

「新条さんよりも……アレクシス・ケリヴ――新条さんを利用している宇宙人が、まだいる。そっちの方を考えるべきだと思う」

「……。そうだね」

裕太がそう言うと、今度は六花もはっきりと肯定した。

裕太は、アカネがアレクシスにいいように利用されていると思っている。

アカネ自身に非が無いとまでは考えていないが、諸悪の根源があの黒ずくめの宇宙人であることは間違いないはず。

事実、怪獣を実体化させる能力を持っているのがアレクシスであるということは、彼と会った時に本人から聞いたことだ。

ならば、アカネのとっておきの怪獣を倒したからといって、それが決着にはならない。


一時限目の終わりを告げるチャイムが、廊下に鳴り響いた。

この三人での話し合いがまとまらずに終わるのはいつものことだが、それでも今日は全員の意見が一致をみた。

「まず今日の放課後、グリッドマンたちと話し合おう。これからのこと……俺たちがやるべきことを」

裕太がそう提案すると、内海と六花は揃って頷いた。

裕太は教室へと戻る最中、窓の向こうの青空を見つめた。

ここから外を見ても、怪獣の影は当たり前のように浮かんでいる。

怪獣に囲まれた街。

怪獣に支配されたこの世界で、裕太はグリッドマンと共に怪獣の侵略に抗い続けてきた。ただひたすら戦ってきた。

それが今、一つの区切りを迎えようとしているのかもしれない。

裕太がグリッドマンと出会ってから、まだ一か月強しか経っていない。だがその僅かな時間が、依然として記憶の戻っていない裕太にとっては掛け替えのない思い出だ。

物の喩えではなく、記憶の全てを昨日のことのように思い出せる。

六花の家で目を覚ましてから、今日この日までを、全て。

裕太たちは気づいていなかった。
自分らの背後――廊下の奥で、黒髪の少女の昏い双眸が、自分たちを見つめていることを。

■

ハミングが聞こえる。

鳥の囀りにも似た優しい音色。透明な旋律が、穏やかな目覚めを促した。

「ん……」

吐息交じりに身体を起こす裕太。かけられていたシーツが僅かにずり落ちた。

「あっ、起きた」

視界が像を結ぶ。覚えのある、天井。

そして……目の前には、一人の女の子。

自分は、ソファの上で眠っていたらしい。

「おはようございます……」

胡乱な意識の中、出てきた言葉がそれだった。

「三〇分くらい寝ちゃって、起きなかったよ。具合悪いの？」

「いや　特に痛いところとかは……」

意識がはっきりしていくに従って、裕太はここが宝多家のリビングであることを認識した。

そしてかけられていたシーツに視線を落とし、自分に何が起きたのかを悟る。

「そっか……ごめん。俺、またここで倒れちゃったんだね……」

「えっ、また？」

六花の反応が予想外のものだったため、裕太はきょとんとしてしまう。

そのためか六花は特に聞き返したりせず、話題を変えた。

「急に倒れて寝ちゃうからさー。本当、ビックリした」

「……いや。……あれ？　ええ……？」

途端に挙動不審になり、視線を彷徨わせる裕太。

六花はさすがに不信感を懐いたのか、ジト目で見てくる。

「ちょっと、まだ寝惚けてるの……顔、洗ってきたら？　洗面所あっちだから」

「あ、うん……」

勝手知ったる……とまではいかないものの、宝多家の洗面所を借り受けるのは初めてではない。裕太はすんなりと洗面所へ辿り着いた。

「さすがに二度倒れるのはやばいよなあ。でも俺、何でここで倒れたんだっけ……全然思い出せないんだけど」

〈裕太……〉

「それも記憶喪失なのかな、うーん……」

〈裕太――！〉

声に反応し、裕太ははっと我に返る。

「グリッドマンが呼んでる……」

手を引かれるような自然さで、その場所へと足が向いた。


ジャンクショップ『絢（あや）』――六花の母が経営する店の一角に、中古パソコン〝ジャンク〟は陳列されている。

そのモニターに映るのは、裕太もよく知る人物だ。

だがその姿を見て、裕太はまずおかしいと感じた。

「あれ……グリッドマン、青くない？」

〈私はハイパーエージェント――グリッドマン〉

「うん、知ってる」

裕太と共に幾度となく怪獣と戦った超人。グリッドマンだ。

出会った頃のように色が青いのが気になるが、そういう日もあるのだろうか。

〈思い出してくれ、君の使命を〉

「それも知ってる」

すかさず返すと、無言になるグリッドマン。

じっと画面を見つめる裕太。

「何してんの？」

奥にあるのれんを潜り、六花が店の方へと出て来た。

「いや、グリッドマンに呼ばれて」

ジャンクのモニターを示す裕太。

「何も映ってないじゃん」

裕太の挙動不審ぶりにいよいよ不信感が募ったのか、六花は先ほどよりさらに怪訝な顔つきになっている。

「え。六花も見えるでしょ？」

「何も見えないけど」

「知ってるでしょ？」

「だーかーらー、何も知らないって」

そこから二人は、見える見えない、知っている知らないの不毛な応酬を続けた。

わけがわからず、焦りを募らせる裕太。

「ちょっと～。君たち、うるさいよ？」

のんびりとした注意に裕太が振り返ると、喫茶スペースのカウンターに六花ママがいた。

六花の母は若々しい。見た目の若さそのままに茶目っ気たっぷりながら、芯はしっかりしている。素敵な大人の女性だ。

そんな彼女を六花が「ママ」と呼ぶのに合わせて、裕太たちもママさん、あるいは六花ママなどと親しみを込めて呼んでいる。

「あっ、ママさん。またお邪魔してます」

「おおぉ……お？　フレンドリーなコだね」

裕太がすかさず挨拶すると、六花ママは驚いたように頬杖をついていた顔を上げた。

オブラートに包んでいたが、君、初対面で距離近いね？　と言わんばかりだ。

「あの、ママさん。二度もこうしてお世話になってホント、申し訳ないです。このお礼は後で必ず……！」

裕太が丁重に頭を下げると、

「よし、六花。このコ、すぐ病院に連れてってあげて」

「うん。頭打ってるかもしれない」

宝多(たからだ)母娘は真顔でそう言い合う。

結局裕太(ゆうた)は、六花(りっか)に連れられてまたも病院に行くことになってしまった。


六花と一緒に店の外に出る裕太。

振り仰げば、天を衝くほど巨大な怪獣がいる。

霧の向こうにうっすらと、しかし、確実な存在感を持って。

「ほら六花。あれ……あれは見えるでしょ？」

焦り気味に空を指し示す裕太だが、

「何もないじゃん」

六花は軽く目線をやっただけで、あっさりと否定する。

グリッドマンのことといい、何故見えないと嘘をつくのか。

裕太が真意を計りかねていると、六花に急かされた。

「早くしないと、病院閉まるよ？」

地平に怪獣を望みながら、裕太と六花は病院への道のりを進む。

「ねえ。記憶がないってことはさ……今日のこと全部、覚えてないってこと？」

「うん……」

「そっか……。でも、もし記憶喪失のふりだったら、最悪だからね」

「……うん……あれ?」

六花の問いかけに曖昧(あいまい)に相づちを打っている途中で、裕太ははたと気づいた。

この質問は、よく覚えている。

最初に六花の家の前で倒れた日も、同じことを聞かれたはずだ。

六花は記憶喪失が嘘ではないと知っているはずなのに、どうして今さら。

無言のまま二人で歩き続け、以前に診察してもらった井ノ上病院へと辿り着いた。


裕太は診察が終わるや、病院の外で待ってくれていた六花の元へ駆け寄る。

医師の下した診断は今回も同じだった。「じきに元に戻るんじゃないか」と、何とも頼りないことを言われて終わりだ。

そのことを六花に伝えると、呆れられてしまった。

「もう、帰っていいんじゃない?」

程なく、六花にそう切り出される。

「うん。今度もいろいろありがとう」

「うん」

わざわざ病院まで付き添ってもらったのに、徒労に終わってしまった。

それでも六花は、最後には優しく微笑(ほほえ)んで見送ってくれる。

裕太の胸に、甘い痺れが広がっていく。

「あの……さ」

「ん？」

「お腹、空かない？」

裕太は咄嗟に、家に帰ろうとしていた六花を引き留めていた。

せめてものお返しにと、裕太は六花をコンビニに誘う。ドーナツを奢り、自分も同じものを買って、二人並んで食べた。

「響くん、こういう気が回るタイプに見えなかった」

「そうかな。お世話になったから……」

「そういえば、ママにもお礼するとか言ってたね。マメだなー」

ドーナツを一口かじり、微笑む六花。

コンビニの店内から漏れる光に照らされたその横顔に、裕太は目を奪われていた。

ふと、導かれるように正面へ視線を向ける。

二車線道路を挟んだ向かいの歩道に、男が立っているように見えた。

猫背で、パンツのポケットに両手を突っ込んだ、だらしのない格好で。

（あれ、キャリバーさんかな……？）

六花に視線を戻した後、もう一度同じ場所を見ると、すでにそこには誰もいなかった。

「そうだ。携帯貸して」

六花が手を差し出してくる。裕太はポケットからスマホを取り出し、六花へと渡した。

「――は、内海（うつみ）くんかな……」

何やら確認するように呟きながら、裕太のスマホを操作する六花。

「明日、朝、内海くんってのが迎え来てくれるって」

そう言いながら、スマホを返してくる。

六花は、わざわざ内海に連絡してくれたようだ。

また倒れてしまった裕太のことを、案じているのだろう。

しかし、今さら内海くん「っての」とは他人行儀ではないだろうか。

それに六花はもう、自分の携帯にも内海の連絡先を入れているのに。

気にはなったが、裕太は素直に礼を言う。

「ありがとう、六花」

「じゃ……」

六花の後ろ姿が完全に見えなくなると、裕太は一人歩き出した。

今回も六花に家まで付き添ってもらう理由は何もないのだが、この道のりがやけに孤独に感じられる。

何かが足りない。

平凡なマンションの四階――よく知った扉の前にやって来て、裕太はふと隣を見た。

薄暗い通路が見えるだけだ。誰もいない。

玄関のドアを開けてリビングに入り、電気を点ける。

裕太はテーブルに置いた皿にシリアルフレークを盛っていく。ドーナツも食べたし、夕食は簡単なものでいい。

冷蔵庫から牛乳を取り出し、皿へと注ぎながら、現状の把握と整理に努めた。

グリッドマンだけなら――自分と同じく記憶喪失のため、たまに様子がおかしくなることもあるのでまだ納得できる。

しかし今日は、六花や六花ママとも妙に会話が噛み合わなかった。何故だ。

さすがに家の前で二度も倒れられたとあっては、接し方も変わるのだろうか。

その答えの糸口は、漫然とザッピングしていたテレビから聞こえてきた。

『九月四日、午後八時のニュースをお伝えします』

「……へ」

思わずテレビを二度見した後、慌ててスマホを取り出す裕太。

スマホのカレンダーを見ても――やはり九月四日だ。

昨日が台高祭の片付け日だったのだから、今日は十月一六日でなければおかしいのだ。

先ほど六花に少しの間スマホを貸していたが、まさかわざわざカレンダー機能に悪戯をしたとも考えられない。内海に連絡をしてもらったメッセージアプリを確認したが、そこに表示されている日付も九月四日だ。

「――俺がもう一度倒れたんじゃなくて、俺が倒れた日がもう一度来た……ってこと？」

せめて日付が十月一六日なら、自分を含めた全員が記憶喪失になったという突飛な仮説も成り立っただろう。

だが、ここまでの条件が揃った以上、導き出される答えは一つだった。

「まさかこれって、タイムスリップ!?」

あえて口にしたその結論に、裕太はいやいや、と首を振る。

怪獣に、巨人。武器や乗り物に変身する人間。

女子高生の姿をした神様。

超常的な現象をいくつも目撃してきたが、それでもタイムスリップは荒唐無稽が過ぎる。

「きっと、俺の記憶が混乱しているんだ……」

それに裕太は六花の家で起こされたあの日、あの瞬間以前の記憶が無い。

そこからのおよそ四〇日間が、人生の全てなのだ。

たったそれだけの時間が戻ったことをタイムスリップと呼ぶのは、何とも慎ましやかではないか。

「もしかして俺って、記憶喪失を何度も繰り返してるんじゃ……」

牛乳に浸かりすぎてすっかりふやけたシリアルをスプーンで口に運びながら、裕太は不安げに独りごちた。

「でもそれじゃあ、どうして俺はグリッドマンのことを覚えているんだ？」

しばらく考えていたが答えは出ず、大きな溜息をついて立ち上がる。

裕太はシャワーを済ませて寝間着に着替えると、自室のベッドに転がり込んだ。

まずは、明日だ。内海や、何よりグリッドマンたちとしっかり話すべきだろう。

頭から湯気が出るほど考えごとをしたおかげか、その夜は驚くほど寝付きがよかった。

自室の窓の向こうにうっすらと人影が浮かんでいることなど、裕太は気づく由もなかった。

■

「あ、内海」

翌朝、裕太は家の近くで内海と合流した。

ショルダーバンドに『ＴＵＲＢＯ』と書かれたバッグを提げ、制服のシャツの前を開けて着崩している。いつもの内海だ。

そんな彼も、今朝は怪訝(けげん)な表情で首を傾(かし)げている。

「記憶喪失になったって聞いたけど」

内海は、記憶喪失のはずの裕太に名前を呼ばれたことを不思議に思っているようだ。

「記憶喪失なのは本当なんだけど…………内海のことは覚えてる」

そう言うと、内海は安心したように笑った。

「そりゃ光栄だね。てことは、今までどおり裕太に接すればいいんだな？」

「そうしてくれると助かるよ……。俺、記憶がこんがらがってるみたいなんだ」

「記憶……を、喪失してるのに？　こんがらがるのか？」

ごもっともな指摘を受け、裕太は肩を竦(すく)める。

「やっぱおかしいよね」

「まあな。でもよくわかんないけど、そういう状態も引っくるめて記憶喪失っていうんじゃないのか」

「どういうこと？」

「んー、何つーかな。記憶が無くても、俺のことは覚えててくれてるんだろ？　忘れていいことは忘れて、忘れたら駄目なことは覚えてるってことじゃないの」

「まあ、本当に何もかも忘れてたら、こうして誰かと会話することもできないよね」

「そゆこと」

内海（うつみ）は、裕太（ゆうた）が自分を覚えていたことが、友人として誇らしいと言わんばかりだ。そんな彼を見ていると、嬉しさと共に、まるで騙（だま）しているかのような罪悪感も湧いてくる。

内海にも言っておくべきだろうか。今、記憶喪失以上におかしな状況にいるということを。

「内海……グリッドマンって知ってるよね？」

裕太は神妙な面持ちで尋ねてみた。

「何それ、流行ってんの？」

しかし返ってきたのは、とぼけた反応だった。

「いや、そういうんじゃなくて……ああ、何て聞けばいいのかな……!!」

「大変だな、記憶喪失って」

「……じゃあとりあえず、昨日、のこと……グリッドマンのことを話すから。何か引っかかることがあったら、すぐ言ってね」

記憶喪失であることに関係なく、どの日にどんなことを言ったかまでは覚えていない。普通の人間の記憶力は、そこまで正確なものではないのだから。

一言一句違わず同じ言動を取ることは不可能だが、それでも覚えている限りの範囲で九月五日に自分が内海に語った内容と同じことを、再び言葉にしていく。

しかし内海は、それら全てを初めて聞いたようなリアクションに終始していた。

やはり、自分だけがおかしいのだろうか。裕太は意気消沈してしまう。

裕太と内海が学校へ着き、教室に入ると、友人のなみことはっすにじゃれつかれている六花(りっか)がまず目に入った。裕太は六花と軽く挨拶を交わし、自分の席へと向かう。

「裕太の席、あっち。……これは覚えてる？」

「あ……うん」

内海は確認を交えて会話してくるが、当然自分の席は覚えている。どうにも気を遣わせてしまっているようだ。裕太は項垂(うなだ)れたまま、重い足取りで席に向かう。

しかしふと顔を上げて視界に飛び込んできた光景に、開いた口が塞(ふさ)がらなくなった。

「黒い新条(しんじょう)さん……！」

自分の席の隣に座っていたのは、黒髪で眼鏡をかけた新条アカネだ。

「は？　何言ってんの」

「ほら内海。眼鏡で、黒髪の新条さん！」

「……お、おう。何だよお前、新条のこともバッチリ覚えてんのな」

あれほどイメチェンしたアカネを見てはしゃいでいたのに、内海の反応は薄かった。

「おはよう、新条さん」

「おはよう……」

裕太が挨拶すると、一応小さな声で返してはくれた。だが、違和感が強い。

アカネはいつも裕太と目が逢えば、にっこりと笑った。

それは余裕の表れなのかもしれないし、無関心ゆえのことだったのかもしれない。

しかし今、目の前にいる黒髪のアカネは、同じ笑顔でも少し引きつっていて、無理に笑っているようなぎこちなさがある。

ともあれ、一時は自分がおかしくなってしまったのかと落ち込んだが、黒いアカネの存在で自信を取り戻せた。

裕太は深呼吸すると、教室を見渡して観察していく。

黒板に書かれた日付は九月五日。そして——

「もうすぐ球技大会の種目決めでしょー？」

裕太の席の近くで固まって話す、五人の女子たち。

その中心にいる、前髪をポンパドールにした少女を見て、裕太は思わず目を見開いた。

（問川さんだ——）

問川さきる。そして、その友達の女子たち。

彼女たちの存在が、何よりも確かな証拠だ。

自分は、過ぎ去ったはずの時間を再び体験している。

■

記憶喪失になり、授業についていけなくなっても、裕太はノートだけは欠かさずに取っていた。しかし今日ばかりは授業中、教師の声が全く耳に入ってこない。

裕太は横目でアカネの挙動を窺（うかが）っていたが、彼女は心ここに在らずといった感じでずっと窓の外を見ていた。

いつものアカネは授業中、どうだっただろう。

何度か見ていることは確かなのに……その光景は思い出せなかった。

そうこうしているうちに、あっという間に午前の授業が終わる。

「外で食おうぜ」

弁当袋を手にした内海（うつみ）が、席の近くまでやって来た。裕太は首を振り、

「いや……ご飯なくて」

「あら、飯忘れたの？」

そう言う内海につられ、裕太も苦笑する。

「学校のことでいっぱいいっぱいで……」

正確には、タイムスリップ疑惑のまま学校に来てしまいいっぱいいっぱい、だ。むしろ、ただ記憶喪失なだけだった時よりも混乱している。

「あの」

隣の席のアカネが、遠慮がちに話しかけてきた。

「これ……」

彼女が差し出してきたのは、ラップに包まれたパン。

それはスペシャルドッグ。コッペパンに野菜と卵、ソーセージを挟んだ、購買パンの中でも人気の一品だ。

食べ盛りの男子高校生にはコスパがよく、彩りがいいためか女子にもファンが多い。

「あ、ありがと」

裕太(ゆうた)が礼を言うと、アカネはこくりと小さく頷(うなず)く。

それきり口を閉ざしてしまい、何とも言えない空気になる。

「新条(しんじょう)さん、あの……ほら。これ。『武士は食わねど高笑い〜』」

見様見真似で両手の指をハサミのように動かす裕太。人差し指と中指、薬指と小指をそれぞれくっつけて動かすのは、存外難しい。

アカネがこのパンをくれた時、彼女はこうしておどけて見せたのだ。

耳まで真っ赤にする裕太。

照れる。口調まであの時のアカネを真似したのを含め、メチャクチャ照れる。

背後から、優しく肩を叩かれた。

裕太がおずおずと後ろを向くと、内海(うつみ)が真顔できつく唇を引き結んでいた。

「それを言うなら『武士は食わねど高楊枝(たかようじ)』だ。記憶喪失って大変だな」

「いや真面目にツッコまないでよ、新条さんの受け売りなんだって!!」

内海はこう見えて……と言ったら失礼だが、けっこう成績がいい。当然国語もだ。

けど、新条さんが言った時は訂正しなかっただろ！　と言い返したいのを、ぐっと堪える。

きっと内海は、そのことを覚えていないから。

「……記憶喪失って聞いたけど、私のこと覚えてるんだね……」

「うん。覚えてることと覚えてないことがあって、余計困ってるっていうか……」

アカネは無表情のまま、裕太をじっと見つめる。

「……スペシャルドッグ。余ってるから、あげる……」

「あぁ、ありがと」

とりあえず、もらったスペシャルドッグを一旦机の上に置こうとした裕太は、

「ああっ、やっばい!!」

背後からそんな悲鳴が聞こえるより先に、弾かれたように掴み直していた。

裕太がスペシャルドッグを避難し終えた後の机の上を、バレーボールが跳ねる。

「あー、ごめん！　マジでごめん!!」

裕太が振り返ると、問川さきるが両手を合わせて謝ってきた。

「問川、外でやれしー」

アカネの前の席に座っていた、まるさんと呼ばれている女子が、呆れ声を上げる。

アカネは……無言で俯いたまま、問川へと視線を向けようとしない。

「全然、大丈夫だから。気にしないで、ホント！」

裕太はスペシャルドッグの健在をことさらアピールするように、手に持ったまま上下させる。

「さっきの響くん、ボール見る前に反応してたね」

同じくクラスの女子のといこが、感心したように言う。

「タツジンだ、タツジン」

そして問川が、嬉しそうにけらけらと笑う。

その笑顔を見て、裕太は胸が熱くなるのを感じた。

自分が今やったことは、総菜パンが一個、潰れるのを未然に防いだ、それだけだ。

そんなささやかなことのはずなのに——裕太は、一つの世界を救ったかのような充足感に包まれていた。

事実これは、世界を救うきっかけになるかもしれない。

『スペシャルドッグ。響くんにあげたパン、あの子たちさ……潰しちゃったじゃん。いやぁ、ホントないわーって思って』

アカネが裕太に告白したとおり、始まりは問川さきるだった。

　彼女が遊びで使っていたバレーボールがアカネの渡したスペシャルドッグを潰し、それがアカネの怒りを買った。

　問川を殺そうと創り出した怪獣が街で暴れ、裕太とグリッドマンが合体してこれを倒した。

　そしてアカネはグリッドマンを敵と見なし——戦いの日々が始まったのだ。

　それは裏を返せば、今日アカネを説得することができれば、この先誰一人消えることはないということではないか。戦いが始まらないということではないか。

　まだ意固地になっていない「今日の時点のアカネ」なら、十分に話し合う余地があるのではないか。

　少なくともこの時の裕太は、アカネを説得できれば全てがいい方へ向かうと信じていた。

　何故この世界にグリッドマンがやって来たのか。その理由まで、考えが及んでいなかった。

「新条さん、ちょっと……いいかな」

　裕太はアカネを連れ、渡り廊下の屋上にやって来た。

　昼休みの微かな喧騒が聞こえる中で、二人は数歩の距離を置いて向かい合う。

　台高祭前に説得を試みるため、アカネを人気のない場所に呼び出したことはあった。それにアカネと屋上で二人きりで話したこと自体、初めてではない。

　それもあって裕太はさほど抵抗なく二人きりで話すことを選べたのだが——

「裕太くん。話って何？」

「えっ、裕太くん？」

「響くん」

　裕太が驚いて聞き返すと、アカネは無表情のまま言い直した。

　アカネは視線を裕太と地面に交互に移ろわせ、ひどく落ち着きがない。

　どんな時でも余裕の笑みを崩さなかった、裕太のよく知っているアカネとはやはり雰囲気が全く違う。

　しかし今は、アカネの雰囲気についてより大事な話がある。

「さっきはスペシャルドッグ、ありがとう」

「……うん。……それだけ？」

　昼休みの残り時間を気にしているわけではないだろうが、アカネは妙に先を急いでいるように見える。仕方なく裕太は、直球で告げた。

「単刀直入に言うよ。もう、怪獣を作ることをやめて欲しいんだ」

　これまでアカネを説得しようとしてはすれ違ってきた裕太にとって、かなり勇気を出した言葉だった。

　アカネはしばらく無言で裕太を見た後、頬を引きつらせた。

「え？」

間が、実にリアルだった。

「……怪獣？　何のこと……？」

「ほら、ああいうやつ」

カマをかけるため、裕太は視線をアカネに向けたまま、空の向こうに浮かぶ怪獣を指差す。

「……どれ？」

アカネがおずおずと聞いてきた。

「見えない？」

「うん……」

そんなはずはない。

化かし合いなど得意ではない裕太は、早くも顔に焦りの色を浮かべる。

「そろそろ、本題に入って……」

「いや、だから……怪獣のことが本題」

アカネは怯えるように身体を縮め、一歩後退(あとずさ)った。完全に警戒されている。

(演技かどうか、全然わかんないんだよな～)

この時のアカネは、まだ怪獣のことなど知らなかった？

いや、そんなはずはない。現に今もこの屋上から見える空の彼方に、怪獣のシルエットが浮かんでいる。

街を管理するあれらの怪獣も、アカネが創り出したもの。グリッドマンが現れるずっと前から……つまり今日この日には、アカネはすでに数え切れないほど怪獣を創っていたはずだ。

裕太が悩んでいると、アカネがひどく小さな声で聞いてきた。

「あの……もう、いい？」

「っ……じゃあ新条さんも、今の状況をおかしいと思ってる？　今日の記憶があったり……しない？」

「……」

いよいよわけがわからないとばかり、アカネは逃げるように出口へと向かう。

裕太はそれ以上引き留めることもできず、屋上から去って行くアカネをただ見送った。

伝えたいことは山ほどあるのに、それがうまく言葉にならない。

弁の立たない自分が、何とも恨めしかった。

■

放課後の帰宅途中、裕太は内海の詰問攻めに遭っていた。

「お前さ。昼休みに新条アカネに呼び出しかけましたけど、何？　チャンス感じちゃった？」

たっぷりと皮肉を込めた言葉と共に、内海はずいっと顔を近づけてくる。

「確かにチャンスは感じたかも。今なら新条さんを説得できるかもって……」

小声で口ごもる裕太を、内海はさらに追いつめる。

「いいか。昼のアレは優しさじゃなくて憐れみみたいなもんだからな！」

「そんな線引きしなくても……」

「い〜やするね！　新条アカネはね、才色兼備、才貌両全の最強女子！　クラス全員に好かれるという奇跡みたいな女だよ‼」

過程が大分違っても最終的にこう釘を刺してくるということは、本当にこれが内海のアカネに対するスタンスなのだろう。

けれど今のアカネが……あの自信なさげに俯くばかりの内気な女の子が、本当にクラスのアイドルたり得るだろうか。妙な噛み合わなさを感じる。

「……内海もその、新条さんが好きなの？」

「いや、俺は別に……近寄りがたい、ああいう感じのあれは、別に全然、そう……好きとかじゃあれじゃないけど……それより！」

強引に話題を変えると、内海はニヤリと笑った。

「俺もグリッドマンっていうヤツ見たいんだけど！」

朝に話したことの続きだ。

確かに以前も、こうして照れ隠しのようにグリッドマンのことを追及してきた。

「むしろ、そうして欲しい。グリッドマンを見たら、内海も思い出すと思うからさ」

裕太は、自分たちが怪獣によるリセットの影響を受けないのは、グリッドマンの庇護下にあるからだろう、と聞いたことがある。

もし内海も記憶が書き換えられているなら、グリッドマンを見ることで何か思い出すかもしれない。そうすれば、今の裕太にとっては心強い。

「何だよ、俺は何も忘れてないけど」

「うん。今はとりあえず、グリッドマンを見に行こう」

裕太は足取りが軽くなり、追い抜いた内海を見るように振り返る。

内海の後ろに、同じ通学路を歩いてくる六花の姿を見かけた。

六花は歩きながらスマホで音楽を聴いていたが、裕太の顔を見ると不機嫌な表情になり、耳からイヤホンを外した。裕太と内海に追いつくと、

「響くんさ。昼休みにアカネと二人で教室出てったけど、何してたの?」

内海と同じ質問だが、こちらは淡々とした口調の中に有無を言わせぬ迫力があった。

「何って、ちょっと世間話を……」

「ふぅん」

裕太に一瞥もくれず、すたすたと歩いて行ってしまう六花。

「あっ……!」

裕太は思わず六花に手を伸ばすも、力無く宙を彷徨(さまよ)わせるばかりだった。

「ほれ見ろ、六花さんはお怒りだよ。昨日さんざん世話になったんだろ？　それなのに新条(しんじょう)アカネにちょっかいをかける恩知らず……お前はクラスの男子も女子も全員敵に回したね」

「そんなぁ……」

裕太はがっくりと頭を垂らす。グリッドマンのことを説明するためにこれから六花の家に行くというのに、これでは気まずすぎる。

裕太はしばらくは迂闊(うかつ)にアカネに接触することを控えようと、心に誓った。


ジャンクショップ『絢(あや)』に到着するや、店内を物色する内海。

外回りに出るママに留守番を任された六花は、まだ不機嫌そうにしている。

「へぇ～、昔のパソコンってこんなでかいの？　この寄せ集め感、まさしくジャンクだな！」

「……ジャンク」

内海の言葉に反応し、無意識に復唱する六花。

〈私はハイパーエージェント、グリッドマン〉

「うん、知ってるよ……」

〈裕太、急いでくれ。この世界に危機が迫っている〉

「俺も今、結構危機ってるんだけど……」

裕太は内海と六花を窺うが、二人にはグリッドマンが見えていない様子だ。いま自分は、何も映っていないモニターに話しかけているように思われているのだろう。

「えっとー、どうやって内海と六花にもグリッドマンが見えるようになったんだっけ……声が聞こえるようになったのも……」

「何あれ、めっちゃ独り言」

六花は不機嫌は収まったようだが、代わりに不信感が増しているようだ。状況はほとんど変わっていないように思える。

しかし、昼休みに今日怪獣が現れる原因は阻止できたのだ。

時間はある。いっそ、変人扱いされるのを覚悟の上で全て説明した方がいいだろうか。

グリッドマンのことだけではない。

それらを知った上で過ぎ去った時間を過ごし、何故か自分だけが同じことを繰り返していると認識している、という今の問題をだ。

そう決意する裕太を嘲笑うかのように、彼の左腕に電流が走る。

鮮烈に記憶に残っている感覚だ。これは――

「…………どうして……怪獣が！」

怪獣の到来を告げるサイン……裕太は慌てて店の外に駆け出した。

地鳴りが聞こえた後、地響きによろめく裕太。

黄昏色に染まる街。視線の遥か先で、それは闊歩（かっぽ）していた。

ただ歩くだけで、道路が割れる巨体。

乗用車、バイク、大型バス——それらが次々と舞い上がり、あるものはビルの外壁に突き刺さり、あるものは落下の衝撃で原形がなくなるほどひしゃげる。

身動ぎの一つだけで人間の生活圏を崩壊せしめる様は、まさに生ける災害。

怪獣だった。

内海と六花も、裕太の後を追って店の外に出る。

「何だあれ!?　ホントに怪獣じゃん！」

興奮気味に語る内海と裏腹に、裕太は焦燥に駆られていた。

昼休みに、スペシャルドッグが潰れるのは回避できた。

つまり今日、新条（しんじょう）アカネが怪獣を出現させる理由はなくなったはずだ。

それなのに、何故同じように怪獣が現れるのか。

内海は怪獣をもっとよく見ようと、大通りに出ようとしていた。

「熱っちぃ！」

上空を飛んでいく火球の熱波に、たまらず蹲（うずくま）る内海。

「戦わなきゃ……また学校が……街が!!」

『絢（あや）』の店内に駆け戻る裕太。

以前は、グリッドマンに呼ばれて、巻き込まれるがまま戦いに臨んだ。

しかしこの二度目の初陣において裕太は、自らの意志で戦うことを選ぶのだ。

「よし。見てて内海、六花！」

変身する姿を見せれば、さすがに二人も何かを思い出してくれるだろう。

裕太は颯爽とジャンクの前に立つ。

「アクセス――フラッシュ!!」

そして掲げた左腕のアクセプターに、右腕をクロスさせる。

これによりグリッドマンとの合体、〝アクセスフラッシュ〟が完了するのだ。

「ああああれ、アクセプターが無い！」

……ただし、そのアクセプターを装着していればの話だが。

今の今まで、アクセプターが無くなっていることを失念していた。そういえばアクセプターがあれば、怪獣の出現はコール音で知らせてくれるはずだった。

裕太は、ジャンクの前で右往左往する。

その光景を目撃した内海と六花は、

「裕太……病院行った方がいいぞ」

「昨日連れてったんだってば……」

二人に白い目で見られ、裕太は頭を掻きむしる。

この、自分だけが空回る感じ。焦燥感とともに、懐かしさを感じる。

「ねえグリッドマン、どうすればアクセぷぅおわぁ〜〜はぁ〜〜」

結局今回も、グリッドマンからの干渉で裕太はジャンクへと導かれた。

「裕太！」

「えぇっ、何あれ!?」

驚きの声を上げる内海と六花。

アメーバのように輪郭をとろけさせながら、裕太はジャンクの中に吸い込まれていった。

「裕太がジャンクに食われちまった……」

「昔のパソコンって、怖っ！」

内海と六花がジャンクに近寄る。そして、人食い鮫か何かのように評した。

その画面の中で裕太は、青色の超人と向き合っていた。

心と身体を繋ぐように、互いの頭部から光のラインが伸び、相手と結ばれている。

「……よし、行こう、グリッドマン!!」

気持ちを切り替えた裕太がそう言うと同時、炎に包まれた街に一筋の光が走った。

夜闇を貫く、光の巨人。

全身に青いラインを走らせた超人・グリッドマンは、使命を果たすべく降臨した。

相対する怪獣の名は、グールギラス。

前面に伸びた長首。口や目が備わっていても、それらは微動だにしない。

本来ならば四足歩行に適したような短い手足で、二足歩行をしている。

そんな作り物のような怪獣が、街中に出現したグリッドマンに即座に狙いを定め、突進してきた。足元の道路に停めてある無数の車が、蒲公英（たんぽぽ）の綿毛も同然に捲（ま）き上げられていく。

車道では、横転した車から防犯ブザーの音がけたたましく鳴り響いている。

〈はあっ!!〉

これ以上の進撃は許さぬと、グリッドマンはグールギラスの身体に正面から組み付いた。

周囲のビルの窓ガラスが震動で砕け、雨粒のように階下へ降り注ぐ。

押し合いでどちらかが歩を進め、どちらかが後退する度（たび）に、道路のアスファルトは為す術無く砕け割れていく。

この巨体同士ではただ取っ組み合うだけで、街にとっては天災の到来に等しかった。

グールギラスはバウンドする特性を持った火球を吐き出し、グリッドマンを追いつめていく。一発でたじろいだグリッドマンへ、容赦（ようしゃ）無く火球を連射。

炎の中に、巨人の影が崩れ落ちていった。


一方『絢（あや）』の店内には、けたたましい音が木霊（こだま）していた。

ジャンクの上部の回転灯が赤く点灯し、アラームが鳴り響く。

ジャンクのところどころから火花が噴き出し始めた。

「うわぁっ、ジャンクが！」

後退りながら悲鳴を上げる六花。

「昔のパソコンってすげえな……！」

妙な感心をしながらも、内海は冷静に状況を把握しようと努めていた。

「もしかして、ジャンクとグリッドマンが連動してるのか!?」

「何？　響くんがやばいってこと!?」

「あ～、ウルトラシリーズならなあ……！　怪獣に弱点とかあるのに!!」

「は？　何の話？」

自分の世界に入り始めた内海に六花がついていけなくなっていると、モニターから苦しげな声が聞こえてきていた。

〈くそっ……身体が重い……!!〉

裕太のものだ。

裕太は歯がゆさを感じていた。

この怪獣の弱点はすでにわかっている。首の作りが甘く、脆いこと。

だがそこを狙おうとしても、グリッドマンの身体が重くて思うように動けない。

逆にグールギラスの反撃に遭い、ダメージが蓄積していく。

グリッドマンの額のランプが激しく点滅する。活動の限界が近いことを知らせる、生命のシグナルだ。

しかしその時。身体の中から、小気味良いタイピング音が聞こえた。

キーボードの音は旋律を奏で、それはやがてよく知った友人たちの言葉へと変わる。

〈聞こえる……〉

グリッドマンが呟く。そして裕太も確信した。

〈内海と六花の……！〉

〈言葉がっ！〉

グリッドマンが吠え、ファイティングポーズを取った。

ジャンクを通して湧き出す力に後押しされ、グリッドマンは逆襲を開始する。

グールギラスの攻撃を躱して懐に入り込むと、猛然と拳や蹴りを叩き込む。最後に、渾身のチョップで首を裂断した。

生物ならば声を発する器官を失っていながら、悲鳴で天をつんざくグールギラス。

勝機を確信したグリッドマンは、左腕に装着されたグランプライマルアクセプターに全エネルギーを集中させる。

〈グリッドォォォ……！〉

腰だめに両腕をX字に重ねた後、左手で弧を描く。そして――

〈ビ――――ムッ!!〉

力強く突き出した左腕から、凄まじいまでの勢いで光線がほとばしる。

光の奔流に呑み込まれ、グールギラスはついに力尽きて爆散するのだった。

■

激震に晒されながら、一人の少女が戦いを見守っていた。

一際高いビルの屋上で、グリッドマンとグールギラスの戦いの一部始終を見届けたのだ。

街に立ち込める炎をレンズ越しの瞳に映し、熱を帯びた風で黒髪を揺らす。

黒き新条アカネは、自慢の怪獣が討ち滅ぼされたのを目の当たりにしながら、眉一つ動かさない。

「……こういう感じで、いいの……」

誰にともなく、淡々と呟く。

〈フッ……〉

彼女の背後で、夜闇に溶け込む黒衣の長躯が、穏やかな一笑を浮かべた。

灯りの消えた室内では、パソコンのモニターだけがうっすらと周囲を照らしている。

新条アカネは虚ろな瞳で床に寝転び、か細い声で呟いた。

「また、勝てなかった」

アカネはグリッドマンに敗北し続けた。

神である自分が、万物をも自由にできる自分が、たった一人の余所者に煮え湯を飲まされ続けた。

ムキになることもあったが、その度に自分を戒め、そしてじわじわとグリッドマンを追いつめてきたつもりだった。

その集大成だった今回の戦い——メカグールギラスの敗北は、これまでのものとはまるで意味が違う。

自分が創造しうる最大最強の怪獣をぶつけてなお、完膚無きまでに撃破されてしまった。

アカネは、正攻法ではグリッドマンに太刀打ちできないという現実を否応なしに突きつけられたのだ。

「このままじゃ、私の街が……」

継がれる弱音には、さらに震えが交じる。

グリッドマンは、自分の日常(セカイ)に現れた侵略者だ。神は一人の少女に戻り、侵略の脅威に怯えていた。

だがそんな無力な少女に、優しく手を差し伸べる存在があった。


〈まだまだ、いい手段があるはずだよ〉


アレクシス・ケリヴ。

アカネが何度失敗しようと、不満の一つもこぼさず励まし続けてきた存在。

彼女に優しい言葉をかけるのは、今は彼しかいなかった。

〈君は才能に溢(あふ)れる人だから〉

しかし彼も今回ばかりは、もっとすごい怪獣を作ればいい——などとは言わなかった。

残されているのは、形振(なりふ)り構わない搦(から)め手だけ。

プライドをズタズタにされた神は、生気を失った目でいつまでも虚空を仰いでいた。

ハイパーエージェント・グリッドマンとの出会い——いや再会から、一夜が明けた。

裕太は内海と一緒に登校し、校門の前で六花とも鉢合わせした。

グリッドマンを見たことで内海と六花の記憶が戻ることを期待したが、結局二人は何も思い出した様子がない。

1－Eの教室に着き、内海はニュースなどから得た情報を裕太や六花と共有する。

「てかさ、変なんだよ。机の数、少なくね？」

「あれ？　ホントだ。問川とかといこたちの机、無くない？」

内海と六花が話しているのを聞き、裕太は思わず息を呑んだ。

そんなはずはない。けれど確かに……よく見ると、教室の机の数が減っている。

「六花ー、おはよー」

「おっ、今日も男囲ってるし～」

六花の友人、なみことはっすは、教室に入って来るや六花を茶化した。

「それマジでやめて……。それよりさ、なんか問川とかといことかの机……無い気がするんだけど」

「問川？　といこ？　誰それ？」

六花がそう尋ねると、なみこは心底不思議そうに聞き返した。

「誰って、だからバレー部の……」

「うちのクラス、バレー部なんていないじゃん」

焦りながら説明しようとする六花だが、はっすはその言葉を遮り、きっぱりとそう言った。

「え……？」

六花はさらに困惑を深める。そしてそれは、横で見ていた裕太も同じだった。


「誰の話してんの？」


最後のなみこの言葉が、殊に響いて聞こえる。

裕太は打ちのめされ、思わずよろめいた。

（どうして……）

学校が攻撃される前に、怪獣の元へ間に合ったはずだ。学校は燃えていなかったはずだ。

それでも結局、翌日に問川たちの姿はクラスから消えていた。

行動の仔細が違っても、同じところに辿り着いてしまう……結果を変えることができない。

内海も六花もショックを受けているようだったが、裕太にとってこれは二度目の喪失感。激しく堪えるのは当然だ。

救うことのできなかったクラスメイトを、怪獣から助ける――一度過ごした時間をやり直す上で、一番の目標にしていたことが、早くも挫折してしまった。

裕太は消沈してしまい、その日は授業も上の空だった。

■

放課後、裕太は内海、六花とともにジャンクショップ『絢』へとやって来た。

今日は店がお休みということで、店内にいるのはこの三人だけ。

しかし記憶のとおりなら今日、ここにキャリバーがやって来るはず。

そして、ジャンクの最適化をしてくれるのだ。それで内海と六花は、グリッドマンの声が聞こえるようになる。

それにグリッドマンの仲間である彼なら、自分と同じように記憶を保持したままかもしれない。

裕太は、キャリバーを頼りにすることにした。

ややあって、店の入り口の扉が開く音がする。

「あ……すいません。今日、お店休みなんですけど……」

すぐに対応しようとする六花。

入り口に立っていたのは、いたく変わった客だった。

目の下に大きなクマをたくわえ、無精髭(ぶしょうひげ)を生やした、仏頂面(ぶっちょうづら)で猫背なスーツ姿の男。

しかも腰からは、刀剣の鞘(さや)のように長大な四本の棒を提げている。

言い訳無用の不審者は、休業日と聞いても構わずに店内に入ろうとし——鞘を扉にぶつけ、派手に転倒した。パンツのポケットに手を突っ込んでいるので、受け身も取れない。

店の商品が転がり落ちるのと相まって、けたたましい音が響く。

「キャリバーさんっ！」

不謹慎だが、裕太はその光景を見て少しほっとした。目を輝かせ、すっ転んだキャリバーへと駆け寄る。

これだ、これ。こうして出会ったのだ。

背後で内海と六花がドン引きしていることには、気づいていない。

「い、いかにも。俺はサムライ・キャリバーだが……何故知っている？」

立ち上がったキャリバーは、不思議そうに裕太を見つめる。

「さ、どうぞ、入ってください。ジャンクはこっちです！」

「うむ」

構わずに裕太は店内へ、そしてジャンクの元へと案内するのだった。

「ここ、私ん家……」

唐突な闖入者に加え、妙にテンションの高い裕太。

六花が面食らうのも無理はない。

「何……あいつ、テンパるとキャラ変わっちゃうタイプ？」

内海はむしろ今の裕太を見ている方が面白いとばかり、彼を凝視している。

「ここにいたか」

「ここにいたんです」

グリッドマンの存在を認めたキャリバーに同調し、彼がジャンクの最適化を始めるのを見守る裕太。

「それ一応、商品――」

六花は、勝手に店の商品を分解しているキャリバーを注意しようとした。

しかしまたぞろ靴音が聞こえ、入り口の方を振り返る。

今度店に入って来たのは、三人組だ。

「あぁ～、はいはいはい……いかにもって感じの店だなぁ」

やんちゃ盛りの子供のような声。

その姿を見て、裕太は驚愕する。

「えええっ……ボラーさん!?」

だが驚いたのは、その小さな来訪者も一緒だった。

「ウッソ何でいきなり俺の名前知ってんの何こいつクソキモい……」

キャリバーと同じくスーツ姿だが、小学生のような背丈のツインテール。

そしてこの棘(とげ)と愛嬌(あいきょう)の同居したツッコミ。紛れもなくボラー本人だ。

その隣には逆に格闘家のような体躯(たいく)で、金属のマスクで口許を覆った大男。

さらにその横には、ファッション雑誌のモデルのような優男(やさおとこ)。

やはり襟元のマーク以外揃いのスーツで決めた二人、マックスとヴィットもいる。

四人の新世紀中学生が、いきなり勢揃いしてしまった。

「いや、マックスさんたちが来るのはもっと後でしょ!?」

先ほどまでの浮かれぶりはどこへやら、裕太は狼狽(ろうばい)し始めた。

「君は初対面の人間に何を言い出すんだ」

マックスは、渋面で裕太を窘(たしな)める。

「まるで初対面じゃないみたいだね」

ヴィットにそう言われ、裕太は「初対面じゃないんです」、と言おうかと迷った。

「ああすんません、こいつ記憶喪失なんですよ。そのせいか、ちょくちょくテンションぶっ壊れるみたいで……。で、誰すか」

内海は真顔で尋ねる。

「我々は、グリッドマンを支援するためやって来た」

マックスがそう宣言すると、ぽかんとする内海と六花。

無理もない、と裕太は思った。まずキャリバーが一人でやって来て、裕太たちと一緒に行動し、さらに武器に変身してグリッドマンと一緒に戦うのを見たからこそ、内海と六花も続くマックスたち三人の登場をすんなりと受け容れられたはず。

それを見越して先にキャリバーだけが来たということはあり得ないだろうが、今回のように突然大挙して押し寄せられては、より警戒してしまうだろう。

「何で、ボラーさんたちがもういるんですか……!?」

なおも食い下がる裕太。当然、事情を知らない新世紀中学生の面々は反応に困っている。

それどころかボラーは露骨に不機嫌になった。

「せっかく来てやったのに喧嘩売ってんのか、おめー？　いちゃ悪いかよ」

「すっごくありがたいです」

即座に謝る裕太。

「おう」

ボラーは、腰に手を当ててふんぞり返る。機嫌が直るのも早かった。

「よ、よくわからないが……あまり気負う必要はない」

半田ごてを持ってジャンクの前にしゃがんでいるキャリバーが、裕太を諭すように言った。

「はい……」

さすがに裕太も気を落ち着かせる。

彼らと早く合流できたのは、喜ぶべきことだ。

キャリバーがやって来た日は、怪獣も現れるはずなのだから。

そうしてジャンクの最適化が終わり、内海と六花にもグリッドマンの姿が見えるようになった。グリッドマンと話しても二人は何も思い出さないようで、裕太は一抹の不安を覚えた。


その後は内海の提案で、怪獣に消されたクラスメイトたちの家を回ることになった。

マックスとボラーとヴィットは、店に残っている。

この日現れる怪獣は確か、ビームを跳ね返す強い怪獣だった。

しかし今は、キャリバーだけでなく、マックスたちもいる。

被害者の家を回りながら、これ以上の犠牲は絶対に出さないと意気込む裕太。

その時に備え、身体を強張らせる。

もうすぐ怪獣が出る。

今か。もう少し後だったか。

さすがにもうそろそろのはずだ。

そうして裕太は、ずっと身構えていた。

しかしとうとうその日、怪獣は姿を現さなかった。

まるで、何が起こるか知っていて対策を取ろうとしている裕太を、嘲笑うかのように。

何より裕太自身、結局キャリバーの忠告に反して気負ってしまっていることを、自覚していない。

「これじゃあ、身が保たないよ……」

その夜も裕太は、泥のように眠りに落ちた。

この状況になって、まだ数日。先が思いやられる。


裕太が眠りに落ちた後。窓の外には、またも不気味な人影が揺らめいていた。

■

今日は日曜日だが、裕太たち生徒は学校へ来ている。

その理由は――

「じゃあ、球技大会は夏前にもあったんだ」

「間に体育祭もな。この学校、運動系のイベント多すぎなんだよ」

この日が、秋期球技大会だからだ。

裕太は内海にそう聞きはしたものの、何となく球技大会のことは印象に残っているような感じがしていた。それが何なのかまでは、思い出せないのだが。

裕太と内海は体育館の壁にもたれかかり、雑談をしながら自分たちの出番を待っていた。

ツツジ台高校では春と秋の二度、球技大会が開催される。

内海がぼやいているとおり、普通の進学校にしては校内の体育大会が多い方だろう。

裕太は覚えていないが、体育祭の時に使ったというチーム別に色分けされたTシャツと鉢巻きを、今回も使用している。裕太たちのクラスは、紫色だ。

「俺、春の球技大会では何に参加してた？」

裕太は何気なく質問した。

野球とサッカー、バレーにバスケ、ドッジボール、卓球。

球技大会の種目決めは、これらの中から自分の好きなものを選べる。

しかし記憶のない裕太は、自分が何のスポーツが好きだったかも覚えていないのだ。

「えーっと……」

内海はこめかみを指で押さえ、記憶の糸を手繰る。

「確か……バスケだったな」

「バスケ？　俺が!?」

運動が得意でも不得意でもない自分が、進んでバスケットボールを選ぶとは。裕太(ゆうた)が困惑するのも当然だった。

だがその理由は、なんとも単純明快。

「うちのクラス運動部の男子少ないからさ、バスケやりたがる奴少なくて。早い者勝ちで最後まで何も決めてない奴は、強制的に人気の無い競技に回されるわけ」

自分の優柔不断が原因でそうなったことを知り、裕太はいたたまれなくなる。

「ちなみに俺は、春もドッジボールにした。野球やサッカーに比べてガチ感が少ないから、足手まといになっても目立たないし」

何故か自信たっぷりに打ち明けてくる内海(うつみ)。

「俺、春にバスケになって失敗したから、今回はドッジボール選んだのかな……内海みたいな理由で。競技決めの日の記憶が無いから、わかんないんだよね……」

結果的にはそれでよかったのだろう。

記憶喪失ということは、あらゆる経験がないということだ。身体が覚えているという言葉があるが、世の中はそんなに甘くない。覚えていないものは覚えていない。

どんなスポーツも、今の裕太は初めてやるに等しいのだ。だったら、ルールも立ち回りも単純明快なものが合っている。

「お、そろそろ始まるな。行こうぜ裕太」

「うん」

1－Aと1－Dの試合が終わり、次は裕太たちのクラスの試合だ。

体育館を大ネットで半分に分けて二面のコートとし、今はドッジボールとバレーボールの番になっている。

その次が、卓球とバスケットボールの予定だ。

「あ」

移動の最中、裕太たちはネットの向こう側にアカネの姿を見つけた。

柔軟体操をしているようだが、身体が硬いようだ。上体反らしをうまくできずに尻餅をつきそうになっていた。

「あざとい……あざといな新条アカネ……だがそこがいい……」

内海は表情を弛緩させながらアカネを見つめている。

そしてアカネの傍では、六花がなみことはっすと談笑していた。不意に振り向き、裕太と目が逢う。

六花はネット際まで歩いてくると、裕太に話しかけてきた。

髪をアップにまとめた六花が新鮮で、裕太はついじっと見つめてしまう。

「響くん、ドッジボールだったね」

「うん……六花はバレーだね」

「じゃ、頑張ろうね」

軽く手を振ると、向こう側の区画に歩いていく六花。

裕太は、胸が温かくなるのを感じていた。

六花にエールを送られたことが、あまりにも予想の埒外の出来事だったのだ。

「よーし……!!」

競技経験、記憶がなくても、ドッジボールなら立ち回り次第で活躍できるはずだ。やる気を出せば、きっと結果に繋がる。

声援を受けたいとまでは言わない。せめて次に六花と顔を合わせる時、堂々と胸を張っていられるようにしたい。

裕太は緩んでいた鉢巻きを締め直し、気合いを入れた。そして、試合が始まる。


四〇秒後。

裕太は内野ラインの外に立ち、コート内のボールの行く末を見守っていた。

その細い肩は、これ以上無いほどにガックリと落ちている。

もちろん外野にも活躍の機会はあるのだが、開幕早々鮮やかにアウトを取られ、しかも間の悪いことにその瞬間を六花に見られたことで、裕太の士気は著しく低下していた。

「お久しー」

そして裕太の後を追い、いいところ無くアウトになった内海が外野にやって来る。

「どうしたよグリッドマン。あんな光球、軽々と弾き返さねーと」

内海は迫るボールを怪獣の攻撃に見立てるようにして、両手でジェスチャーしてみせる。

「弾き返したら普通にアウト取られるって……」

どうしたと言われても、グリッドマンと合体するようになったからといって、身体能力が向上したわけでもないのに。

それでもやる気で何とかできると思っていたのは、考えが甘すぎた。いや、記憶喪失を甘く見すぎていた。

内野では、「顔面に当ててこい」と挑発した男子が見事にボールを躱し、わっと歓声が起こっていた。自分もあんなふうにはしゃげれば、周囲からの印象も違うのだろうか。

しかしそんな男子の声に負けず、反対区画でバレーをしている女子からも大きな嬌声が響いてきた。思わず視線を送る裕太。

その一瞬だけ、時間から切り取られて固定されているかのように感じた。

六花は上体を綺麗に撓らせた跳躍から、一気に右腕を振り下ろす。

ライン際ギリギリを狙ったスパイクが、見事に決まった瞬間だった。

「おーい裕太、来てるぞ」

裕太が六花に見とれている間に、相手コートを通過してボールが転がってきた。

「ていうかさ。内海こそ――」

ボールをキャッチし、内野へとパスし返す裕太。

「すぐアウトになったじゃん。春も参加して、慣れてるんじゃないの？」

女子に見とれていた照れ隠しで、先ほどの話題を蒸し返す。

「俺は一般人だからな。一般人は、怪獣の攻撃には手も足も出ない」

そう言う内海も、目線は女子コートの方に向いている。

黒髪のアカネが、芸人のツッコミのような手刀でサーブを打とうとしていた。

女子たちの総ツッコミに遭い、六花が駆け寄ってやり方を教えようとしている。

内海の評である完璧女子とはほど遠い姿だが、親しみがあって可愛らしい。

裕太は先日、現れるはずの二体目の怪獣が現れなかったことを思い出す。

まさかアカネに屋上で伝えた「もう、怪獣を作ることをやめてほしい」という要請を、今頃になって聞き入れたとは思えないが……。

女子バレーの試合に目を奪われていた裕太は、はっと息を呑んだ。


こちらと向こうを隔てている緑色のネットが、消えた。

宙を舞うバレーボールも、スローモーションのように感じられる。

体育館の床に、机と椅子が整然と並び始めた。

体育館のコートと教室が、重なって見えているのだ。

ダン。

音を立てて床を跳ね、再び浮き上がるボール。

そのバウンド音は、今行われているバレーの試合のものだ。

しかし裕太(ゆうた)には、聞き覚えがあった。

『ああっ――やっばい!!』

試合中の女子たちの嬌声(きょうせい)の中に、聞こえるはずのない声が交じり始める。

試合中の女子たちの中に、いるはずのない姿を見かける。

ダン。

弧を描き落下したボールが、机を跳ねる。机の上には、潰れたスペシャルドッグが残っている。

『マジ反省します！　しました!!』

問川(とんかわ)さきるの声が、聞こえる。

ダン。ダン。

断続的に響いていたバレーボールの弾む音が、いつしか裕太の中では時計の秒針のように規則的な音となって、不気味に木霊(こだま)していた。

何かを急かすように。加速させるように――。

「また……裕太、危ねえぞっ」

「あっ――――?」

内海の声で我に返り、咄嗟に手の平を眼前にかざす。

快音と共に、手の平に痺れ。強めのパスが迫っていたのだ。

「……ごめん、ありがとう……」

裕太は内野へボールを返し、小さく肩を竦めた。そして、力無く呟く。

「問川さん……バレー部だったんだよね」

ぼーっとしているのを指摘されてもなお、反対の区画で弾むバレーボールを凝視し続ける裕太を見て、内海も悟ったようだ。

「……悪い。さっき、無神経なこと言っちまったな……」

特撮マニアとして自然に出た喩え。『一般人は、怪獣の攻撃には手も足も出ない』――それはこの世界で、自分たちにとって目の前にある現実。

そして、裕太が立ち向かっている相手でもある。

「内海は悪くないよ、俺が気にしすぎなんだ」

「……いや。俺が、気にしなさすぎなのかもな……」

内海は悔しそうに唇を噛み、裕太を見た。

「だってさ、いつまで経っても現実感ねえもん。俺たち以外の、全員の記憶がリセットされてるなんて……」

裕太も無言で頷く。

消えたクラスメイトたちの家を回った後、六花は内海に何でそんなに平気そうなんだと非難した。それに対し内海は、状況が呑み込めていない、と答えた。実感が湧かない、と。

裕太が今、消えたクラスメイトたちのことで前以上に気落ちするのは、二度経験したことで実感してしまっているからなのだろう。

守れなかった人がいる、という事実を。

六花は。

緑色のネットの向こうで息を切らしている六花は。

自分と同じように記憶をリセットされず、消えたクラスメイトのことを覚えている六花は……バレーボールをしても、彼女の面影を思い出さないのだろうか。

それとも、思い出すからこそ今、バレーボールを頑張るのだろうか。

裕太のクラスの男子ドッジボールはハンドボール部員の男子が粘り、惜しいところまでいったものの、結局一回戦敗退。

六花たち女子バレーは……学年別で一位を勝ち取っていた。

■

球技大会が終わり、裕太は一人で下校していた。

日も暮れ、ちょうど大通りに差しかかったところだった。

「おい」

背後から不躾に声をかけられ、裕太は振り返る。

そこにいた人物を見て、ぎょっとした。

詰め襟の制服を着込み、銀色の髪をざっくりと切り揃えた中性的な顔立ち。

子供のような背丈でありながら、獣じみた鋭い眼光を放つ少年。

アンチ。新条アカネの創った、思考することのできる怪獣だ。

「お前っ……!!」

裕太の答えを待たず、アンチが飛びかかってきた。強引に組み伏せられ、アンチに馬乗りになられる裕太。

以前、学校でも同じように襲いかかられた。裕太はこうして幾度となく、アンチに生命を狙われている。

「これはどうなっている！　ここは何だ!!」

アンチは裕太の襟首を掴みながら、気色ばんだ顔を近づける。

「えっ……ツツジ台だけど……」

裕太が咄嗟にそう答えると、アンチはさらに激した。

「とぼけるなっ！　何が起こっているんだ!!」

そこでようやく、裕太はアンチの言わんとしていることを理解した。

「もしかして、お前もわかってるのか……!?」

「…………」

裕太の言葉の意味を呑み込むまでに時間がかかったようで、しばらく馬乗りになったままだったが……程なくアンチは、裕太を解放して立ち上がった。

「これは、グリッドマンがやったことじゃないんだな」

「うん、それは間違いない。グリッドマンも、何も知らない。俺だって……何がどうなってるのか、誰かに聞きたいぐらいだし」

裕太はよろめきながら立ち上がり、はっきりとそう伝える。

「そうか」

「そっちこそ……この状況は、新条さんがまた何か企んでるとか、じゃないよね」

裕太が質問を返すと、アンチはふん、と鼻を鳴らす。

「新条アカネは、ここにいない」

「いや、いるから！」

もしそうなら、あの黒髪の新条さんは一体誰なんだ。

そう続けようとして、裕太は言葉を呑んだ。聞いていいものか迷ったのだ。

「グリッドマンが現れれば戦う。もうお前に用はない」

裕太に興味を失ったアンチは踵を返し、速やかに立ち去っていった。

勝手に絡んで来て、したいことだけをして勝手に帰る。

野良犬のような奴だな、と心の中で毒づく。

だが、一つだけ解せない点がある。

これまでであれば、こちらが何を言ってももう少し食いついてきていたのだが、今日はあっさりと引き下がっていた。

最初こそ怒りに突き動かされていたようだったが、いやに物分かりが良く、まるで憑き物が落ちたような佇まいだったのも不思議だ。

外見でも、気になるところがあった。

「……あいつ、眼帯なんてしてたっけ?」

アンチが右目に眼帯をしているのが、裕太にとっては新鮮だった。

目を攻撃した覚えはないが、グリッドマンとの戦いで傷を負ったのだろうか。

自分と同じく記憶を引き継いだ存在がいることを知り、裕太の孤独感は少し薄らいでいた。

皮肉にも、その孤独を共有する相手は怪獣だったのだが。

■

球技大会から三日が経った。

その日の放課後も、裕太たちグリッドマン同盟はジャンクショップ『絢』に集合する約束をして別れた。

といっても六花はいつも通りさほど乗り気ではなく、なみこやはっすと寄り道をしてから向かうとのことだ。

少し遅れて到着した裕太は、店の入り口の扉を開けて中へと入る。

喫茶店スペースのカウンター席、その横側では、先に来ていた内海がノートを広げている。課題を片付けているようだ。

同じくカウンター席に、キャリバーとヴィットが座っている。

「せっかく俺ら来たのに、怪獣出ねーじゃん」

そしてソファーでは、ボラーが暇そうにのびていた。

「いや、出ない方がいいけどね」

本当に、ヴィットの言うとおりだ。

裕太の沈黙の意味を勝手に解釈したのか、内海が半笑いで説明する。

「このお客さんたち、モーニングセットだけ頼んで朝から今まで粘ってるらしくっ痛ぇー!!」

「そう言うお前は客ですらねーだろ、コーヒーくらい頼め!!」

「すんません……じゃあコーヒー一つ……」

ボラーに蹴られた脛(すね)を押さえながら、素直に謝罪、そして注文する内海(うつみ)。

「承(うけたまわ)った。ホットとアイス、どちらだ」

カウンターの中からにゅっ、と頭を出したマックスが、内海に確認を取る。

姿が見えないと思っていたが、カウンター内でしゃがんで作業をしていたようだ。

「えっ、マックスさんが淹(い)れるんすか」

「不服か」

「や、その……アイスで」

小洒落(こじゃれ)たエプロンをまとった厳つい大男に睥睨(へいげい)され、内海は絞り出すような声で答える。

「………」

先日遭遇したアンチは、確かに記憶を引き継いでいた。

そのことをマックスたちに伝えるべきだろうか。しかし、まだ怪獣として戦ってもいないアンチのことを、どう説明すればいいのか。

椅子に座りもせず、そわそわする裕太(ゆうた)。

ボラーも今度は心配するような声音(こわね)で尋ねてきた。

「おい裕太ぁ、どうしたよ。今日はいつにも増してキョドってんぞ、お前」

「え、あ……はい……」

それはつまり普段から割りとキョドっていると見られているということだが、今はそれどころではない。

「駄目だ。もう、どうすればいいかわかんない……」

今の状況は、裕太の許容量を超えていた。

記憶喪失だけで本来手一杯だというのに、この「時間」になってからは一日一日の時間の流れがぐちゃぐちゃになっているように感じる。

疲労感も想像を絶するものがあった。

「……裕太。疲れているのか？」

マックスは内海にコーヒーを差し出しながら、気遣いの言葉をかけた。

ヴィットも心配するような口調で断定する。

「聞くまでもないでしょ、これ相当だよ」

裕太は済まなそうに頭を下げるが、その時ジャンクのモニターが点灯した。

〈裕太……何か悩みがあるのか〉

いつもの銀と赤の姿に戻ったグリッドマンの姿が映る。

〈それならば、私に話してみてくれないか〉

グリッドマンは拳を握り締め、力強く頷(うなず)いた。

その姿の、何と頼もしいことよ。

〈さあ、話してくれ〉

「……うん。俺、最近変なんだ……」

裕太（ゆうた）は内海（うつみ）と席を替わり、ジャンクの前に腰を下ろす。

一対一で面接をするような形で、モニターの中のグリッドマンと向き合った。

「お、お、何かお悩み相談始まった」

「茶化すな、ボラー。グリッドマンに、任せるんだ」

キャリバーはボラーに釘を刺すと、二人のやりとりを見守る。

「信じられないかもしれないけど、俺、今こうしてみんなといることとか、学校でのこととか……一度体験しているんだ。見ている気がするんだ」

神妙な語り口で、言葉を選びつつ説明する裕太。

この不可解な現象のことも、グリッドマンには素直に打ち明けられるような気がした。

〈一度体験している気がする……か〉

「ありえないよね」

〈私は夢を見ないが……人間が夢を見るのは、記憶を整理するための身体の機能らしい。もしかしたら、それと同じ原理なのかもしれない〉

「……じゃあ、記憶の混乱なのかな……」

グリッドマンは、裕太の悩みを我がことのように受け止めてくれる。とても穏やかな口調で説明を続けた。

〈だが、悪い方にだけ考える必要はない。記憶が混濁(こんだく)しているのは、整理されようとしているから……つまり、裕太の記憶が戻りつつある証拠ではないだろうか〉

グリッドマンの推測には、説得力がある。

そして何より、今の裕太には大きな励ましとなった。

「うん……そうかも！」

裕太が深く頷(うなず)いた、その時。

〈裕太……怪獣が現れた！〉

グリッドマンが緊迫した声でそう告げる。

裕太は咄嗟(とっさ)に椅子から立ち上がった。

「……俺にしかできないこと……俺のやるべきことをする……!!」

どれだけ迷っても、戸惑っても、決して揺るがない信念。

裕太が眦(まなじり)を決すると同時、ジャンクのモニターが激しく発光した。

眩(まばゆ)さのあまり顔の前に差し出した左腕に、裕太は確かな存在感を覚える。

〈それが私と君の、〝プライマルアクセプター〟。君の意思で、私とアクセスフラッシュしてくれ!!〉

グリッドマンと合体するための、金色に縁取られたブレスレット。

プライマルアクセプターが、ついに裕太の左腕に戻ったのだ。

〈行こう、裕太！〉

「わかった！　グリッドマン!!」

グリッドマンに促され、裕太はしっかりと頷く。

煌めくプライマルアクセプターをかざし、そこへ添えるようにして勢いよく右腕をクロスさせる。


「アクセス――フラッシュ!!」


瞬間、裕太の身体は光となってジャンクに吸い込まれ、グリッドマンとの融合を果たす。

勇ましく左腕を衝き上げながら、グリッドマンは巨大化。

怪獣の現れた現場へと転送されるのだった。


「……どう思うよ、裕太のあれ」

グリッドマンの出撃を見送った後、ボラーはキャリバーたちに問いかけた。

「う、嘘は言っていない。それはわかる」

モニターに視線を移しながら、キャリバーが断定した。

「とにかく、今の裕太だけじゃちっと心配だ。俺も手伝ってくるぜ」

ボラーがソファーから立ち上がる。

先ほどまで裕太たちに軽口を叩いていた時のにやけ顔はなりを潜め、凜々しいばかりの面持ちに変わっている。

グリッドマンの頼もしき支援者・新世紀中学生の真の貌が、そこにあった。

ジャンクのモニターには、街で暴れる怪獣の姿が映っている。

今日現れた怪獣は、身体のあちこちに宝玉のようなパーツを備えた、人間に近いフォルムの青い怪獣だ。

「────？」

それを見た内海は奇妙な違和感を覚えたように、眼鏡の奥の目を細めた。

「あの……今回って、マックスさんが一緒に出撃してませんでしたっけ」

「私が？　なぜ、過去形なのだ」

自信なさげに質問する内海に、マックスが首を傾げる。そして出撃間近だったボラーも動きを止めた。

「いや、実は俺も最近、何かやってると『あれ、これって前にやんなかったっけ？』とかなったりして……気のせいだと思ってたんすけど、裕太のさっきのあれ聞いたら……」

「内海（うつみ）」

マックスにぎろりと睨（にら）まれる内海。

「はいぃぃ！　や、ほんとただの気のせいだと思うんで!!」

しかしマックスは、キャリバー、ボラー、ヴィットを順に見やった後、深く頷（うなず）いた。

「――我々も同じだ」

■

グリッドマンは街の只中に着地し、目の前の巨大な怪獣を見据えた。

〈来たなっ、グリッドマン!!〉

〈むっ……言葉を話す怪獣だと!?〉

唐突に怪獣に言葉を投げかけられ、戸惑いを見せるグリッドマン。

当然、裕太（ゆうた）はそれを知っている。

基本的にグリッドマンが現れた後に出現する怪獣アンチだが、最初の一度だけは命令でそうしたのか、グリッドマンが来る前に街で暴れていた。

今日がその初戦だ。しかし、どうやら現れた理由は違うようだ。

〈俺を元いた場所に戻せ……そして普通に俺と戦えええええええっ!!〉

がむしゃらに繰り出されるアンチの拳や蹴りを回避しながら、グリッドマンを通して裕太が呼びかける。

〈待って！　グリッドマンは関係ないって言っただろう!!〉

〈知らんっ……グリッドマンを倒すために、俺は戦う！　グリッドマンを倒して変わらなかったら、その時また考えるっ!!〉

呆れるほどぶれないというか、何があってもグリッドマンありきの怪獣だ。

裕太に接触したのは、あくまでただの現状確認。アンチは、グリッドマンと戦えればそれでいいのだろう。

〈裕太、今はとにかく戦いに集中するのだ！〉

グリッドマンに諭されて思い出した。初めてアンチと戦った時、追いつめられた原因を。

人語を解するこの怪獣は人間なのではないかと、迷ったせいだ。

裕太は対話を諦め、戦闘に集中する。

アンチは両腕に二本並んだ鉤爪状の刃を出現させ、斬りかかってくる。

グリッドマンキャリバーに対抗するためにコピーしたはずのその刃をすでに持ちえていることが、アンチも記憶を保持していることの何よりの証拠だった。

グリッドマンが斬撃を危なげなく躱すと、今度は残像が見えるほどのスピードで高速移動、グリッドマンの周囲を旋回して撹乱を始めた。

〈ぐうっ……！〉

背後からの一撃への回避が遅れ、斬りつけられるグリッドマン。

アンチは手を緩めず、高速移動からの追撃を試みる。

〈なんの！　グリッドライトセイバー……スラッシュ！〉

左腕のグランプライマルアクセプターから光の刃を出現させ、刃を弾き返すグリッドマン。

アンチは距離を取ると、自分の身体を抱き締めるようにして力を込める。

〈死ねェ————————ッ!!〉

そして身体中の黄色い水晶のようなパーツから、無数の光波弾を撃ち放ってきた。

右へ左へと身体を踊らせ、グリッドマンは火線を躱す。

最後に身を捻りながら跳躍すると、アンチの胸へと鋭い蹴りを見舞った。

〈うわあああああっ!!〉

アンチは叫びながらアスファルトに巨体を沈めた。

しかしどれだけ攻撃を浴びせても、アンチはひるまない。すぐさま立ち上がると、さらに攻撃の勢いを増して逆襲してくる。

先ほど以上の量の光波弾を前に、さしものグリッドマンも回避ではなく防御を余儀なくされていく。

〈むうっ……！〉

両腕をクロスさせ、執拗なまでの光弾の連射に耐えるグリッドマン。

着弾の衝撃で巨体を震わせ、じわじわと後退していった。

ジャンクの前では、内海（うつみ）と新世紀中学生の面々が困惑していた。

「えっ……じゃあ、マックスさんたちも……」

ボラーは頷（うなず）きながら答える。

「最初に俺たちが来た時よぉ、裕太（ゆうた）が『何でもういるの』とか言ってきただろ。あれ、俺も引っかかってたんだ。はっきり言って、そのとおりな気がしてよ」

では何故「喧嘩（けんか）売ってんのか」と返したのか——と言いたいところだったが、内海は保身を優先して口を噤（つぐ）んだ。

「みんな違和感があるんなら……何かが起こってることだけは、確かみたいだね」

ヴィットは考えこむように腕組みをしながら同意した。

「……とにかく今は、怪獣を蹴散らすのが先だ。行ってくるぜ」

ボラーは再びジャンクの前に立つと、勇ましく謳（うた）い上げた。

「アクセスコード！　バスターボラーッ!!」

光弾を浴び続けたグリッドマンは、たまらず膝をついた。

〈とどめだ、グリッドマ――――――――ンッ!!〉

その機を逃さず、アンチは渾身の力で斬りかかってくる。

〈うっ！〉

何かに気づいたアンチが、足を止めた。

グリッドマンの背後の空に、幾何学模様のような転送ゲートが出現する。

パサルートと呼ばれる光の道を通り、戦車型のマシンが勢いよく飛び出してきたのだ。

〈そこは俺のツインドリルの通り道だぜ、どきな!!〉

二本のドリルを前面に備えた超火力メカ、バスターボラーだ。

〈うわぁぁぁぁ!!〉

バスターボラーが落下ざまに繰り出したドリルをもろに食らい、アンチは吹き飛ばされる。

〈ボラーさん！〉

裕太の声で呼びかけると、ボラーは急かすように叫んだ。

〈一気に決めるぞ、合体だ!!〉

〈よしっ！〉

グリッドマンの跳躍に合わせ、バスターボラーがボディを展開させていく。

タンクのキャタピラユニットをグリッドマンの足元に差し向け、シャフトを伸ばしてドリルを肩側へ。そしてボディを胸部装甲として装着。

誕生する、無限の火力を備えた超人こそ――

〈〈武装合体超人！　バスターグリッドマン!!〉〉

合体が完了したバスターグリッドマンは、間髪容（い）れず前面にキャタピラユニットを展開。カバーを開くと、六連装ミサイルポッドが左右合わせ四基出現。追尾性ミサイルが発射される。

何発かは被弾したアンチだが、

〈いい気になるなーっ!!〉

再び腹部を開口したかと思えば、牙の形をしたミサイルを発射し始めた。

〈ちっ、あいつ俺のミサイルパクってやがる！　けどな――！〉

ボラーは不敵に笑うと、発射するミサイルの物量をさらに増大させた。

回避するつもりはない。

向こうが火力を恃（たの）むのならば、こちらも正面から迎え撃つ。

それがボラーのやり方だ。

ミサイル同士が空中で着弾し、誘爆。

バスターグリッドマンとアンチ両者の中間で、巨大な爆炎が噴き乱れる。

〈わあ――――っ!!〉

ついに拮抗（きっこう）が破れ、物量負けしたアンチが夥（おびただ）しい数のミサイルを身に受けて吹き飛ぶ。

〈おおし！　無双の螺旋であいつを貫くぞ、グリッドマン！〉

〈ああ!!〉

なおも立ち上がろうとするアンチ目掛け、ボラーが必殺の一撃を提案する。

ミサイルカバーを閉じてキャタピラユニットを地面に接地させ、猛然と走行。

バスターグリッドマンは宙を泳ぐように両腕を突き出し、それに合わせてドリルも唸りを上げて回転する。

〈このまま突っ込め――ツインドリルアタックだ!!〉

〈おおおおおおおおおおおおおおおおおおおおっ!!〉

ボラーの気迫に応え、咆哮するグリッドマン。

乾坤一擲の突貫形態、ドリルアタックモードで勝負を賭ける。

〈うっ……！　ぐわああああああああああああっ!!〉

アンチが迎撃を試みるよりも早く、ドリルが命中する。

錐もみしながら吹き飛び、地面に叩きつけられるアンチ。

そのダメージの深刻さを表すように、額のシグナルが点滅する。

〈まだ……まだ、俺、は……!!〉

不屈の闘志も虚しく、アンチの怪獣化は強制解除された。

人間の姿に戻ると、自身が砕いた瓦礫の上に四肢を投げ出して倒れ込む。

最後までバスターグリッドマンを睨みつけながら、アンチは意識を手放した。

〈っし、一丁あがりー〉

ボラーが快哉を上げ、戦いは終わった。

しかし……裕太の記憶では、アンチとの初戦はマックスグリッドマンでもって迎え撃ったはずだ。

とうとう、怪獣との戦いまでもが自分の持つ記憶を逸脱し始めたことに、裕太はさらなる不安を感じるのだった。

「ちゃーす」

その日一人で下校した内海は、ジャンクショップ『絢』に立ち寄った。実にアバウトな挨拶とともに店内に入る。

初めの頃こそ同級生の女子の自宅だということで多少遠慮もしていたが、通っているうちにすっかり慣れた。

今やこのとおり、「大将、やってる?」的な常連のノリで入店するまでになっている。

内海はまず店の奥にある喫茶店スペースに、新世紀中学生の四人の姿を見つける。四人ともカウンターに座り、暇を持て余している様子だ。

裕太は用事で少し遅れると言っていたし、六花もまだ店にはいない。

「くぁぁ……」

キャリバーが猫のような欠伸をした。彼は暇になるとより無口になり、すぐ眠そうにする傾向がある。

「内海。裕太は一緒ではないのか?」

そう聞いてきたのは、マックスだ。

「用事があるとかで、遅れるって……」

「そうか」

マックスは手短に返したきり、黙りこくってしまう。

新世紀中学生の面々は、みんな結構マイペースだ。内海が何かと話題を振っても、会話にならないことがままある。

ぽやーっとしていて、いい意味で空気を読まず発言のできる裕太か、時に鋭いツッコミを返せる六花がいて初めて、この空間での円滑なコミュニケーションが成立するのだ。

この面々にグリッドマンが加わったとしても――今はジャンクのモニターに映ってはいないが――彼は真面目だが、どこか浮き世離れしているところがある。そのため会話のキャッチボールに失敗することが多い。

とりあえず内海は、ジャンクの前のＰＣチェアに腰を下ろした。

「……おや、ウッちゃんかぁ。いらー」

間の悪いことに、六花ママも店内にやって来た。

「おじゃー。…………っす」

六花ママの唐突な「いらー」を「いらっしゃい」の略語だと理解し、咄嗟に「おじゃましまⅰす」の略語「おじゃー」で返せた内海は、賞賛に値する。

普通なら、意味が通じずポカーンとなってもおかしくはない。

「いや、ウッちゃんて!?」

なおかつ、時間差のツッコミもプラスする。

「元気なツッコミだねえ〜。ちょっと思いついたから呼んでみただけー」

「べ、別に、嫌じゃないっすけどね?」

六花(りっか)ママに褒(ほ)められ、たじたじになる内海(うつみ)。彼女はカウンターの中で在庫チェックの作業か何かをしているようだ。

内海はそれをじっと見つめる。店に通い詰めているのに毎度特に何か買って帰るわけでもないので、後ろめたさを感じるのだ。

「あっ……そうだそうだ。俺ん家、買い換えて使わなくなったレコーダーあるんで、親に言って今度持ってきますよ」

そこで内海は、買う側ではなく売る側としての客になれないか、と考えた。

「特撮番組のおもちゃとかしこたま持ってんだろ？　それも売ったら？」

ボラーは丸椅子を回転させて内海に向き直り、そう言った。

「しこたま持ってますけど売りませんよ。命の次に大事なもんなんすから！」

内海の所有物を全て売却すれば、それこそちょっとした特撮コーナーをこの店内に作れるだろう。しかしそれだけは、コレクターとして断じてできない。

もっともボラーは意地悪で言っているのではなく、内海の話題に合わせて提案しただけだ。口は悪いが気遣いのできる人なのだと、内海も最近ようやく理解できてきた。それまでは、ただただいびられているのだと勘違いもしたほどだ。

「ああ、気ぃ遣わなくていいから。でも本当にいらなくなったものならよろしくねー」

六花ママは手を振りながら苦笑する。

「あとは……お前のいらねー本とか、古紙回収に回すぐらいならここに売ったらどうだ。あ、特撮雑誌以外な」

たまにファッション雑誌を読んでいるボラーが、いたく私的なリクエストをする。翻訳すると、「何か暇潰しになるモン持ってきて」だ。

「リサイクルショップなのに本類がほぼ無いですよね、ここ」

基本いつもスマホをいじっているヴィットも、本があればいい暇潰しにはなるだろう、と思っている様子だ。

「キミたち、ここはブックカフェじゃないからね？　ま、どうぞごゆっくり～」

呆れながらも、用事が終わったようで六花ママはまた奥へと戻っていった。

グリッドマン同盟の活動は、六花ママの懐の広さに支えられているところがある。

ヴィットはぱっと見普通のイケメンなのでまだしも、他のメンバーは二メートルを誇る体躯(たいく)に加え金属のごついマスクをつけた者、見た目が小学生のツインテール、腰に大きな鞘(さや)を何本もぶら下げた無精髭の猫背。

そんな四人四色の面々が揃いのスーツを着込んで、毎日のように店にたむろしているのだ。

普通は大層怪しむところだが、六花ママはというと多少の小言は言いつつもフレンドリーに接してくれている。それどころか、彼らに店番を頼んだりもする豪胆さだ。

内海が六花ママのありがたさをあらためて実感していると、ボラーが自分の髪の毛をいじっていた。

どうやらツインテールが片方解けかけたらしく、結び直そうとしているようだ。

器用に髪を結ぶボラーを、じっと見つめる内海。

「そういえば俺……ボラーさんが髪解いてるとこ、一度も見てないっすよね」

「はぁ？　お前いちいち他人が髪いじってるとこなんて注目してんのかよ、ＪＫか！」

気味悪そうに顔をしかめるボラー。

「ＤＫっすはぁーん!!」

トーキックを膝に受け、言葉半ばに悶絶する内海。

「そうじゃなくて、何ていうかその……前にちょっと話したじゃないっすか、何か見たことがある気がするとか……」

「怪獣との戦いに、本来なら私が出撃するはずだったのでは、という奇妙な既視感を共有した……あれか」

マックスに補足され、内海は頷く。

「それそれ。で、同じようで逆のことなんだけど、今ボラーさんが髪を結び直してるのを見た時みたいに、妙に気になる時があるんすよ」

「いや何だよ気になるとかー」

限界まで低い声で気持ち悪がるボラー。

「じゃーなくて！　『あれ？　こんなの見た覚えないぞ？』みたいな？　いや、見てないものがあるなんてそりゃ当たり前のことなのに、何でこんな気になるんだろう、って」

「ふうーん……」

ボラーは髪を結び終えると、不可解な面持ちに変わる。

「さっき六花ママにあだ名で呼ばれた時も、初めて呼ばれたんだからそう感じるのは当たり前なのに、同じように思えちまって。何なんすかね、これ……」

体験をうまく言語化できずに、語気を萎ませていく内海だが――

「い、言いたいことは、わかる。俺も最近たまに、奇妙な感覚に陥る時が……ある」

キャリバーは、それでも納得したようだった。

「うん。そういえば、俺もそうかも」

ヴィットも、スマホをいじりながらだが、一応同意を返してくれた。

内海は内心、少し感激していた。上手く説明できないのに賛同してもらえると、わけもなく嬉しい。

「どもー」

そんなやりとりをしているうちに、店の奥から六花がやって来た。

「うおっす、六花」

軽く手を挙げ、挨拶を返すボラー。

「俺には挨拶返してくれなかったのに……」

「まあ、六花ちゃんは家主の娘さんだから、そこはね」

軽く凹む内海へ、ヴィットが言い添えておく。

「よし。裕太が来る前に、我々だけで話し合っておくか。もしかすると、六花も同じ感覚を体験しているかもしれない」

マックスは、翻って青い怪獣・アンチとの戦いの際に生じた違和感から始め、それぞれの体験した不思議な感覚について話し合うよう提案した。

■

放課後、裕太は渡り廊下の屋上で一人座り込んでいた。

何をするともなしに、ぼーっと空を見上げる。

アンチとの戦いから数日、怪獣は現れず平和な日が続いている。

今日は、来週に実施される校外学習の簡単な説明があった。

街の外にある山へ電車で移動して、川でのラフティング。すごく楽しかった。六花の水着姿も見ることができたし、忘れられないイベントだ。

一方で、懸念もある。その校外学習の最中、山のように大きな怪獣が現れた。あの時はマックスたちにジャンクを搬出してもらい、合流するまでにかなり苦労したのだ。

あらかじめマックスたちに頼んでジャンクを現地に移動しておいてもらえば、怪獣の出現に素早く対応できる。

しかし厄介なのは、自分が「時間の戻った世界」と仮定しているここでは記憶通りの日時、シチュエーションで怪獣が出現するとは限らないということだ。

現に、ビームを跳ね返す身体が鏡のような怪獣は、未だに現れていない。

もし校外学習の際に怪獣が出現しなければ、マックスたちに多大な無駄骨を折らせてしまうことになる。

それにそれだけのことをしてもらうとなれば、有耶無耶（うやむや）な説明では無理だろう。

いよいよ、この自分でも信じがたい状況を、余さず全て説明しなければならない。

この「時間の戻った世界」で内海たちは、今の段階ではまだアカネが怪獣を創り出していることも知らないのだ。

「今度は、俺以外のみんなが記憶喪失か……」

空に虚しく消えていく独白。

ひどく、孤独だった。


「みんな？　私は覚えてるよ……」


背後から声が聞こえ、ギクリとして振り返る裕太。

「新条さん！」

そこに立っていたのは、黒髪のアカネだった。

ゆっくりと立ち上がり見据えると、今までと雰囲気が違うことに気づく。

戻った時間でグリッドマンと初めて出会った翌日、裕太は彼女をこの屋上に呼び出して詰問した。しかし、返って来るのは不確かな反応ばかり。

それ以来、自分から接触することを諦めていたのだが——

「理解者がいないって、つまんないでしょ」

裕太と対峙している彼女は、黒髪に変わって以来、人変わりしたようにおとなしくなっていたアカネとは違う。

けれど、掴み所がなく、どこか底知れなさを感じる微笑——何度も見た新条アカネのそれともまた別だ。

「――一人って、つまんないね……。やっとわかってきた。だから響(ひびき)くんと話そうと思って」

アカネときちんと話す機会ができた――裕太は安堵した。

「このタイムスリップは、新条さんがやったことなの？」

「タイムスリップなんかじゃないよ……。ただ、やり直しているだけ」

それをタイムスリップというのではないだろうかと、ＳＦに疎(うと)い裕太は考えてしまうのだが……どうやらアカネは、別のことと捉えているらしい。

「響くんたちが何度も見てきた『リセット』と、原理は同じ」

裕太の困惑を見て取ったからか、アカネはよりわかりやすい例えを出した。

リセット。

この街に頻繁に起きるそれは、一般的に認識されている意味とは少々異なる。

確かに、破壊された建物や道路などが元通り同じ形に復元されるのは、コンピュータのデータなどにおける初期化(リセット)と同じだ。

しかしそこに生きる人間は、記憶をある一定期間まで戻されるのではなく、都合よく改竄(かいざん)を受ける。近しい人間が消えても、記憶の辻褄(つじつま)を合わせて問題なく生活を送る。

初期化(リセット)であり、改変(ハック)なのだ。

やり直しとはまさに……初期化と改変の複合だ。

「リセットと同じなら、どうして内海たちは何も覚えてないの？」

「私は、何もしてない。知らないけど、もうすぐ思い出すかも」

「じゃあ何故、今になって俺に教えるんだ……最初はとぼけてたのに」

「とぼけてない。言ったでしょ、少しずつわかってきただけ。ボロが出ないように、ゆっくりと理解していったの。新条アカネを……」

「よくわかんないけど……ボロが出るのを気にしてるなら、何で自分の見た目を変えたの」

「わからない。イヤだったから……とか」

続けざまに出される質問に、淡々と応えていくアカネ。

「イヤだった、って……」

裕太の最後の言葉は質問と捉えられなかったのか、何も応えない。今度はアカネが、意趣返しのように質問を重ねていった。

「響くんは、今のこの状況はどう？　楽しい？」

「変な感じがするよ。色んなことが気になって、楽しいとはいえない」

「この私を見て、どう思う？」

「どうって……ちょっとイメージ変わったなって」

本当はちょっと、どころではない。

六花と同じ黒なのに。ごく普通の髪の色なのに。

アカネが黒髪なだけで、あまりにも異質な存在に感じる。

言動がこれまでと同じになった今は、むしろさらに違和感が増したほどだ。

「……響くんって、パソコン得意？」

「あんまり……得意じゃない」

続く質問は、かなり唐突なものだった。

戸惑いながらも、裕太は素直に答える。

「ほら。この前実技の授業で、簡単なプログラム作った……よね？」

「えっ……うん、作ったっけ……」

構わずにアカネは続けた。

「プログラムってね、全然融通が利かないんだよ。すぐに狂っちゃう」

アカネは裕太に一歩近づく。そこからさらに顔を近づけ、笑みを深くした。

吸い込まれそうな瞳の色。

見つめているだけで、気が遠くなりそうだった。

裕太は咄嗟に後退る。すぐに柵へ背中をぶつけ、アカネから逃げることができない。

「命令の矢印の向きを少しずらすだけでいいの。そうするともう先に進むこともできないし、完結することもできない。同じことをぐるぐる繰り返すだけの、役立たずに変わる」

ひどく抽象的な喩えだ。けれど、今のこの世界の絶望的な状況を端的に説明されたのだとは理解できた。

それにこの数日間、世界がどうなっているか理解できず苦悩してきた裕太にとっては、ようやく何かを掴める光明でもあった。

やはりこの少女は、新条アカネだ。

絶対の自信からか、あっさりと手の内を晒してしまう。

もちろんそうして相手の手の内を探る意図もあるのだろうが、黙っていればそれだけで圧倒的なアドバンテージがあるにもかかわらずだ。

裕太はアカネを真剣な眼差しで見据える。

そして後退った分の一歩を、今一度踏み出した。

「……進むべき方向がわからなくても。俺は、先に進むよ」

今は、こう言い返すことしかできない。

けれど言葉通りこの宣言こそが、状況を打破する第一歩。

やれることをやる――そう自分を奮い立たせ続けてきた、裕太の信念だった。

「進めるといいね……。私、見てるよ、響くん」

「何を……？」

「見てるから」

アカネは慎ましい笑みとともにそうはぐらかすと、屋上を後にした。

風に揺れる艶(つや)やかな黒髪を見て、裕太は不可解に感じた。

彼女は「イヤだった」と言った。

何が嫌で、見た目を変化させたのだろうか。

そして、「アカネを理解しようとした」とも言った。

まさか、内海(うつみ)に一笑に伏された仮説……『新条アカネも記憶喪失になっている』が本当で、自分のことを必死に思い出している、という意味だろうか……。

裕太の思案を中断するように、左腕のリストバンドから音が鳴り響いた。

リストバンドの下に隠されたプライマルアクセプターが怪獣の出現を察知すると、こうしてGコールと呼ばれるアラームで裕太にそれを伝えるのだ。

「怪獣……！」

間を置かず、その場を突如として轟音(ごうおん)と震動が襲った。

たまらず柵にもたれかかり、崩れ落ちる裕太。

彼方のビル街で、煙が立ち昇っているのが見えた。

先ほど立ち去ったアカネが、怪獣を出現させたのだろう。裕太を挑発するかのようなタイミングだ。

柵越しの校庭で、下校中の生徒たちが尻餅をついている。

それを目にした裕太は弾かれたように立ち上がり、その場を駆け出した。

■

「――やはりそうか。我々全員に共通するのは……強烈な既視感だ」

マックスたちは各々の意見を出し合い、そして一つの結論に辿り着いた。

皆、この数日間を知っている。記憶しているのだと。

「さすがにこの人数で勘違いってことは……ないよね」

ヴィットは困ったことになったと嘆息し、カウンターに手をついた。瞬間、彼の手元にあったコーヒーカップがカタカタと揺れる。

それは次第に強い揺れへと変わり、店内の商品もが音を奏で始めた。

「怪獣か！」

声を強張らせるマックス。

「裕太はどうしたんだよ、まだ来ねーのか」

「俺もあいつの用事って、何か知らないんで……」

ボラーに急かされても、内海はそう答えるしかない。

キャリバーがおもむろに席を立ち、店の外へと走っていった。

「あ。響くん迎えに行ったのかも」

六花は、そう見当をつけた。

さほど時間は経っていないはずだが、断続的に響く揺れが内海たちの焦燥感を募らせる。

外に出て様子を見てこようとした内海は、思わず足を止めた。

裕太をおんぶしたキャリバーが、入り口の前に着地するところだった。

「ごめん、遅くなって……！」

「つ、通学路の途中で合流した」

そうしてキャリバーは、最短ルートで裕太を運んできたというわけだ。

その際、黙っていると強引に小脇に抱えて飛び跳ねられることがわかっていた裕太は、安定するおんぶをリクエストしていた。

裕太が真面目な顔つきでおんぶされているのは、シュールな光景だった。

キャリバーは足早に店内に入るが、剣の鞘が扉にぶつかってよろけてしまう。

豪快な音を立て、おんぶした裕太もろとも転んでしまうキャリバー。出ていく時はぶつからずに行けたのに、よほど急いでいたのだろう。

「おめーらコントか！　ったく……ほらよ！」

「はは……」

ボラーの小さな手に引っぱり起こされ、面映ゆそうに口角を上げる裕太。

しかしすぐに表情を引き締めると、ジャンクの前に駆け寄った。

「さあ行こう、グリッドマン！」

〈ああ、待っていたぞ裕太!!〉

リストバンドを外してプライマルアクセプターを構える裕太。

「アクセス――フラッシュ!!」

叫ぶと同時に裕太の全身が光と化し、ジャンクへと吸い込まれていく。

「よし、今回は私が行こう」

それを追いかけるように、マックスもアクセスコードを唱える。

「アクセスコード、バトルトラクトマックス!!」


グリッドマンとバトルトラクトマックスは、ほぼ同時に怪獣の前に躍り出た。

しかし、あれほどの震動を断続的に引き起こしていた怪獣が、いざ目の前にやって来てみれば威圧感の欠片もない奇妙な見た目をしていた。

ほとんどただの球体だ。角や翼といった装飾どころか、頭や手足すらもない。

茶褐色の外皮は木の実のような質感で、色の薄い斑点が無数にある。

これではまるで、とてつもなく巨大な一個の〝種〟だ。

しかし、怪獣の周辺のビルがズタズタに破壊されているのを見れば、目の前の奇っ怪な物体が怪獣であることは間違いないはずだ。

〈何だこの怪獣……見たことないぞ……〉

すぐさま警戒する裕太。巨大な種に変化が起きた。

頂点が小さく五片に割れ、花弁のようにゆっくりと開いていく。

開口された頂(いただき)から、火山弾のように無数の固まりが飛び散った。ドス黒い真球の弾丸だ。

種が、種を発射してくる。

〈植物怪獣か……!?〉

数発被弾しながら、グリッドマンはその怪獣をそう言い表した。

〈タンカーキャノンッ!!〉

巨大なタンクローリー型のマシン・バトルトラクトマックスが、すかさずグリッドマンを援護しようと、自慢の二門の巨砲を発射。種怪獣の外皮に命中し、ヒビが入る。

グリッドマンも追撃をかけようとするが、地響きと共に迫ってくる影があった。

〈現れたなグリッドマン！　今日こそお前を殺すっ！〉

前回の戦いでバスターグリッドマンに撃退された怪獣アンチが、また性懲(しょうこ)りもなく乱入してきたのだ。

〈邪魔だ、どけ――――っ!!〉

進行方向上に鎮座していた種の怪獣をサッカーボールキックし、ビルに埋め込むアンチ。蹴飛ばした勢いそのままに、グリッドマンへと襲いかかる。

〈またお前か！〉

〈また俺だ――――――――――――っ!!〉

グリッドマンに呆れられるも悪びれることなく、強烈なタックルを見舞うアンチ。

〈ふんっ!!〉

その隙を狙い澄ましたかのように、バトルトラクトマックスは激走。

〈うわああっ!?〉

アンチの両脚を払い、転倒させる。

〈今のうちに合体するぞ、グリッドマン!〉

〈了解した!!〉

体勢を立て直し、跳躍するグリッドマン。

後部スラスターを全開にし、バトルトラクトマックスが垂直に浮上。

車体が二つに割れ、後部の収納カバーが開く。そこへ、グリッドマンが両腕を鉤(かぎ)曲げてドッキングする。

ヘルメットを装着し、巨大な両の拳を拳闘士のように打ち合わせる。

〈剛力合体超人! マックスグリッドマン!!〉

猛く勇むは巨腕の超人。

左右それぞれに自分の身長ほどもある巨大な腕部装甲を合体させたグリッドマンが、颯爽(さっそう)と道路を走る。

〈舐めるな――――――――――っ!!〉

起き上がりざまに咆哮するアンチ。

二体の両手が、磁力に引かれるようにして組み合う。

しかし腕力が超強化された合体形態であるマックスグリッドマンを相手に、手四つの均衡はすぐに崩れ去った。

バランスを崩したところに巨腕の連打を浴び、アンチは再び地面を舐める。

〈ぐっ……まだだっ……何ッ!?〉

なおも立ち上がるアンチだが、その身体には奇妙な触手が巻き付いていた。

アンチの蹴りでビルに突っ込んだ種怪獣から、それは伸びている。

タンカーキャノンでヒビが入った部分から、蔓のような部位が飛び出てきたのだ。

自業自得の逆襲に遭うアンチ。しかし、事態はそれに留まらなかった。

身動きを封じられたアンチを、空の彼方から飛来した何かが横殴りに掠めていく。

〈ぬあっ……どうしてお前が！〉

あろうことか、そう叫んだのはアンチだった。

飛来したのは、巨大な錘の下に同じ形の錘を四本脚のようにつけた、奇妙な形のＵＦＯ。

かつてグリッドマンが倒した、ギリバーという怪獣のものだ。

その時には、ギリバー本体は遥か高空からレーザー光を用いてＵＦＯを操作していたが、今は堂々と姿を見せていた。そして、付近のビルの屋上程度の高さで浮遊している。

スカイダイビングをする人間のように手を広げており、角張った冠を被ったような頭部を見るに、怪獣というよりは怪人のような変わった見た目をしている。

それもそのはず、ヂリバーはアカネではなくアンチがデザインし、アレクシスへと「持ち込み」して実体化させた特殊な怪獣だからだ。

〈三体同時だとっ!?〉

さしものマックスも驚愕する。

種怪獣はアンチを捕縛したまま、空中のヂリバーへも種を発射して攻撃。

〈くそっ……お前も邪魔だ――――っ!!〉

力尽くで蔓を引き千切ったアンチも、二体が敵対戦力であると認識し、攻撃を始めた。

ヂリバーも手足から伸びたレーザー光でUFOを操作し、これに対抗。

三つ巴の争いを始めた怪獣たちを前に、グリッドマンは狼狽する。

特に裕太は、このUFOを操る怪獣とアンチが力を合わせて挑んできた姿を見ている。何故今回は諍いを起こしているのか、全く想像がつかない。

〈逆に好機だ。三体まとめて撃ち抜くぞ、グリッドマン!〉

〈ああ!〉

マックスに促され、必殺のマックスグリッドビームの体勢に入るグリッドマン。

しかし種怪獣が乱戦の最中に放った種子の弾丸が、不意を突いてマックスグリッドマンの胸に直撃してしまう。

〈ぐわっ……!!〉

倒れたマックスグリッドマンの元へ、争う三体の怪獣たちが期せずして距離を詰め始めた。

■

ジャンクの前で戦いを見守っていた内海(うつみ)たちは、予想だにしない事態に驚きを隠せない。

「いやさすがにカオス過ぎでしょ！　怪獣大戦だこれ!!」

画面狭しと埋め尽くされた怪獣たちを見て、内海は思わずそう表現した。

「こうなったら、もう全員で行こうぜ」

グリッドマンたちを援護すべく、ボラーがジャンクを親指で差す。キャリバーとヴィットも頷(うなず)くと、各々ジャンクの前に立った。

内海と六花(りっか)は椅子ごと下がり、三人の出動を見送る。

「アクセスコード……グリッドマンキャリバー！」

「アクセスコード！　バスターボラーッ!!」

「アクセスコード――スカイヴィッター」

画面に吸い込まれていくボラーたち三人を見て、内海（うつみ）は強烈な胸騒ぎに襲われた。

全員での出動により、戦場は彼の喜ぶ華やかさを増すにもかかわらず、だ。

何か、悪いことが起きそうな予感がする。

「あっ、みんな待って――」

咄嗟（とっさ）に制止を試みるも時すでに遅く、三人は光となってジャンクに吸い込まれていく。

間もなく戦場には空中にパサルートのゲートが三つ出現し、武装化したキャリバーたちが出てくるところが画面に映し出される。

そこで六花（りっか）と内海は、目を疑った。

ゲートから刀身と機体が半ばまで出たところで、ノイズが走ったかのようにぶれ、静止してしまった。

それどころか、地上でファイティングポーズを取っていたマックスグリッドマンさえもが、同じように輪郭を激しいノイズで乱し、ピタリと動きを止めてしまう。

それはさながら、古いビデオテープを早送りの途中で強引に止めたかのような不自然な映像だった。

「止まっちゃったじゃん……？」

「多分パソコンみたいに、固まったんだ！」

六花の疑問に、内海があたりをつける。

ジャンクは古いパソコンだ。処理能力を超えたコンピュータがどんな挙動をするか、内海だけでなく六花にも覚えがあるのだろう。

幸い、怪獣同士が小競り合いをしていてグリッドマンたちから注意が逸れているからいいものの……もし彼らがグリッドマンの今の状態に気づけば、無防備な状態を一方的に攻撃され続けてしまう。

絶体絶命のピンチだった。

「……………」

何かを思いついたのか、ジャンクの前で屈み込む六花。

内海はまた先ほどのような胸騒ぎを感じた。

「あー待って！　動作中のパソコンの電源切るのはまずいって！」

そして気がつけば、六花の行動を先読みして制止していた。

「……よくわかったね、私がやろうとしてること」

「………………だよね。あれ？」

二人とも、画面の向こうのグリッドマンたちよろしくフリーズする。

もっとも、六花の方はすぐに再起動したのだが。

「よっ」

「って、あ────────！　抜いた────────っ!!」

なまじ内海（うつみ）のようにヒーロー番組知識で悩むことがない分、六花（りっか）の行動には躊躇（ちゅうちょ）がない。

大胆にもケーブルを引っこ抜き、ジャンクの電源を落としてしまった。

「ジャンクがエネルギーの供給源なんだぞ、電源切れたらグリッドマン消えちまうかもしんねーじゃん!!」

「いやでも、またすぐ電源つければ……あっれ」

「おい蹴るなよ！　昭和の家電じゃないんだか――」

再起動を促すように軽く蹴りを入れていく六花を窘（たしな）める内海。しかし、ジャンクは駆動の唸りを立てて本当に再起動を始めてしまった。

「ね？」

「えぇー……」

自分の正しさを主張するかのように、内海をじっと見つめる六花。

しかしなぜ自分は、六花の無軌道な行動をピンポイントで予想して止めに入ったのだろう。

そうして内海は、極めて強い既視感に襲われていることに気づいた。

「これってまさか、裕太（ゆうた）の言ってたこと――」

思い浮かんだ仮定に内海が身を震わせていると、ジャンクから裕太と新世紀中学生四人が一斉に飛び出てきた。

受け身を取る者、膝立ちで堪える者――裕太はバランスを崩してでんぐり返しの格好で転がってしまった。

「どうやら出動干渉を起こしたようだ」

フリーズの理由を予測するマックス。

「俺、考えがあるんです」

打開策を論じるよりも早く、裕太は提案していた。

「グリッドマン、出力サイズを調整できるよね？」

〈ああ。何か策があるのか〉

モニターに映るグリッドマンが、すぐに応じる。

「今のサイズでジャンクが処理しきれないなら……縮めればいい」

〈だがサイズの縮小はパワーの低下と直結する。それは諸刃の剣だぞ、裕太〉

「でも、敵の数が多いから、こっちも同じ人数で行くべきだ。普段のグリッドマンを基準にして、グリッドマンとキャリバーさんたち一人までなら、出力一〇〇％でいける。で、それを半分ぐらいまで絞ったら、グリッドマンと四人全員一緒でも出動できた」

「出動、できた……？」

マックスは怪訝な表情を浮かべるが、珍しく多弁な裕太を遮ってまで聞こうとはしなかった。

「だからもう少し細かく調整すれば、グリッドマンと一緒にマックスさんたちも二人いけるんじゃないかって思うんだけど……ええと、どのぐらいにすればいいんだろ……」

人数差を埋めるための同時出動は必須だ。しかしグリッドマンの言うとおり、小さくなればなるほど怪獣とのサイズ差で圧倒されてしまうことになる。

つまり、出力調整もよりデリケートなものが要求されるということだ。

悩んでいる間にも、怪獣は諍いをやめて暴れだしているかもしれない。焦る裕太。

「八五%でいけるんじゃない？」

だが、横からあっさりと助け船が出た。六花だ。

「いや、合わせて二人で一〇〇%なら、三人で八五%、四人で七〇%……五人で五五%だから、だいたい半分。計算は合うでしょ？　何しようとしてるのか、よくわかんないけど」

「うん……それだ！」

普段から店の帳簿付けを手伝うなどしているからか、六花は計算が速い。

こういう時は頼りになる存在だった。

〈よし……裕太たちの言うとおりに出力を調整して、再出動だ！〉

「は、八五%、だな……」

八五%という微妙な出力がにわかに想像しにくいのか、キャリバーが難しそうな顔で考えこんでいる。

「んなもん、だいたいでいいんだよだいたいで。俺とヴィットで行ってみっか」

「ん。りょーかい」

悩んでいるキャリバーと合体戦闘直後で消耗しているマックスを残し、ボラーとヴィットが再度ジャンクの前に進み出た。

「おら、もう一踏ん張りいくぞ裕太！」

「はい！」

ボラーに発破をかけられ、裕太は彼らと一緒に並び立った。

「アクセス！　フラッシュ!!」

「アクセスコード！　バスターボラーッ!!」

「アクセスコード──スカイヴィッター」

■

勇ましく拳を衝き上げ、再出動するグリッドマン。

〈おっ、裕太くんの作戦、アタリだったね〉

ヴィットが感心する。バスターボラーとスカイヴィッターも、今度は干渉を受けることなく出現することができた。

アンチをグリッドマンが、種怪獣をバスターボラーが、ヂリバーをスカイヴィッターがそれぞれ担当し、戦闘を開始する。

光線が乱舞し、ミサイルが飛び交う。そしてその只中を、グリッドマンが翔ける。

少しのスケール差はあるが、対戦相手を分断でき、有利に戦いが進んでいたのも束の間。

程なく、グリッドマンの額のシグナルが点滅し始めた。

〈っとぉー、さすがにエネルギーもやべえか〉

長期戦は不可能だと悟るボラー。

〈それじゃあ、ボラーさんとヴィットさん、合体お願いします！〉

〈え……俺もか〉

一瞬躊躇するも、すぐに思考を切り替えたヴィットは空中で分割変形。スカイヴィッターを両脚に装着したグリッドマンは、バスターボラーの直上を低空飛行する。

走行の勢いで飛び上がったバスターボラーはキャタピラとドリルを変形させ、グリッドマンの胸部へ合体した。

〈〈〈大空武装合体超人！　スカイバスターグリッドマン!!〉〉〉

二機との変則合体をぶっつけ本番で成功させ、グリッドマンは急浮上。

雄々しく見栄を切り、怪獣たちを捉えた。

〈って、長っげーよ！　もう少し簡単な名前考えとけ!!〉

名乗ったはいいが気に入らないのか、ボラーが誰ともなく文句を言う。

〈んー。じゃ、ボラーんとこ省略して、スカイグリッドマンでいっか〉

〈ぜってー略させねーかんな！　てか俺の要素（バスター）の方を前に持って来い!!〉

〈息を合わせるのだ、ボラー、ヴィット!!〉

　ヴィットとボラーの二人を諫（いさ）めるグリッドマン。

　なまじ慣れない三体合体を敢行したせいか、全合体よりもかえってチームワークが乱れているのでは。

　裕太（ゆうた）がそう心配したのも束の間、スカイバスターグリッドマンは猛烈な機動で飛翔。三体の怪獣を衝撃波で吹き飛ばした。

〈うわあっ！〉

　倒れたアンチへ、トリモチのような効果を発揮するシドニー凝固弾頭弾を放つ。

　地面についた手を凝着されたアンチは、身動きが取れずにもがく。

　その隙に、本来の主戦場である遥か高空へ逃げようとするヂリバー。

〈でやあっ！〉

　グリッドマンはすかさず高速飛翔で追いつくと、鋭利なウイングを備えた脚部を活かした回し蹴りを放った。ヂリバーはあえなく地上へと叩き落とされる。

　すぐ様ツインドリルを逆手に持ち、トンファーのように打突武器として使用。種怪獣の固い外皮を砕き、大きく後退させる。

　出力サイズこそ小さくなったが、複数機のアシストウェポンを同時合体させた効果は確実にあった。

機動力と火力を兼ね備えた合体で、特性の違う複数の怪獣との乱戦に対応できている。

〈バスターグリッドミサイル!!〉

〈アンプレーザーサーカスッ!!〉

まして、スカイヴィッターもかなりの火器を搭載している。

それがボラーと力を合わせることによって生まれるのは、爆薬庫さながらの弾薬の驟雨(しゅうう)だった。

爆撃によって凝固弾が溶け、ようやく解放されたアンチへ、二体の怪獣がもたれかかる。

〈くっ、どけ――〉

はっとして空を見上げるアンチ。

〈スカイ――〉

〈グリッドォ……!〉

〈〈ビ――――――ムッ!!〉〉

ヴィットとグリッドマンは呼吸を合わせ、高速飛翔からグリッドビームを発射。

扇状に拡散放射された光線は、三体の怪獣をもろともに吹き飛ばすのだった。

「……くそ……何なんだ、ここは……」

アンチは深刻なダメージを受け、また巨大化が解除されてしまった。

力無く立ち上がると、グリッドマンの消えた空を睨みつける。

グリッドマンとの対戦経験を記憶として持っているならば、それを活かせばよいと思った。

しかし自分の知らない怪獣が出現し、グリッドマンも見たことのない戦法で挑んでくる。

むしろ状況に翻弄されているだけで、どんどん不利になっていくではないか。

「くそぉ……くそぉおお……!!」

グリッドマンが現れれば、戦いの場に赴く。

呪いのような本能に縛られたアンチは、この未知の世界で苦難に見舞われていた。

■

厳しい戦いを終えた直後だが、裕太たちには話し合わなければならないことがあった。

「あのさ、みんな——」

「俺たちも思い出したよ、裕太」

内海は、裕太の言葉を制止する。

「あの空飛んでた怪獣。前に見たことある奴だよな」

そうして内海は、裕太へと打ち明けた。

裕太が来る前に、すでに皆と話をしていたこと。

先ほどの戦いを見ている最中、見る見るうちに記憶を取り戻していったこと。

怪獣を創っているのが新条(しんじょう)アカネだということも、全て。

「どうして今、急に……」

「いや、急につーかさ……実はちょくちょくおかしいと思ってたんだよ。で、何度かマックスさんたちと話してて……今日、確信した」

自分の問いかけにそう答える内海。裕太はジャンクのモニターへ目を向けた。

戦いを終えたグリッドマンの姿が、そこには映っている。

見たことのない怪獣。変則的な合体。これまで、一度も試したことのない戦法。

新たなる記憶――。

それらがトリガーとなって、グリッドマンの記憶を揺さぶり、取り戻させたのだとしたら……それが、内海たちにも影響したのかもしれない。

「つまり裕太は、もっと早くからこのワケワカな状況に気づいていたと」

内海はそこが不満だとばかり、腕組みをして椅子にもたれかかる。

「ねえ響(ひびき)くん、どうしてもっと早く言ってくれなかったの。私たちが思い出すまで待っててたってこと?」

責めるのではなく、むしろ申し訳なさそうに問う六花(りっか)。

「ごめん。前に内海(うつみ)と六花(りっか)に新条(しんじょう)さんのこと話した時、最初は全然信じてもらえなかったから……今回も、もう少し確証を持ててからの方がいいと思って」

「それは………私もごめんだけど」

「っていうか俺自身、自分の記憶が混乱してるとも思ってたからさ……。『この怪獣、前に戦った気がする』って思うのも、ただの勘違いじゃないかなって……」

気負えば気負うほど、自分の知らないことが起き始めるのだ。裕太(ゆうた)が自分を信じられなくなるのも、無理はなかった。

〈私も含めた裕太以外の全員が、記憶を失っていたということか……〉

「……うん……」

裕太は頷(うなず)きながらも、ある少年の顔を思い出していた。

『これはどうなっている！　ここは何だ!!』

もう一人、記憶を失わず、世界の異常に気付いていた少年。アンチの顔を。

「多分なんだけど。俺たち、新条さんの力で過去に戻されたんじゃないかな。だから同じ怪獣ともう一度戦ってるんだ」

〈時間を操作し、歴史を改竄(かいざん)しようというのか……〉

あらためてグリッドマンにそう言われれば、裕太も自信を持てない。

世界の神といえど、そこまで度外れて全能なはずがない。

あらゆる事象の頂点に立つ不可侵の概念、それが時間だ。

時間操作などという理不尽を敢行できるなら、絶対に負けない超強力な怪獣を創り出す方がよほど容易ではないだろうか。

むしろ新条アカネは、そちらの方法を好みそうなものだ。

「……ちょっと、待って。いまいち理解が追いつかないんだけど……」

六花は苦々しい表情で額を指で押さえながら、裕太の話を遮る。

「過去に戻されたとか、時間を改竄されたとか。いくら何でもあり得ないじゃん。それに、どうしてそんなこと？」

短い黙考の末、裕太は六花に向き直る。

「俺とグリッドマンが出会う前まで時を巻き戻せば、自分を邪魔する者はいなくなる——新条さんはそう考えたのかも」

この巻き戻りに気づいてから、ずっと考えていた末の結論だ。手段や、できるできないの是非はさて置き、何故アカネがそうしたのかと考えれば……理由はそれ以外に考えられない。

「た、確かに、そうかもしれない。しかし、その後が解せない」

「結局今も、裕太くんはグリッドマンとして戦ってるしね。ぶっちゃけ何も変わってない」

キャリバー、そしてヴィットは一定の理解を示しつつ、当然の疑問も呈した。

〈もしかすると……裕太が記憶を最初から維持していたのは、新条アカネにとって想定外のことだったのかもしれない〉

全てが計画通りに進んでいないからこその混迷。グリッドマンは、今の状況をそう予想する。

〈現に、現れる怪獣は同じであっても、一度体験した時間とは全く異なる形でこちらに挑んできている。まして今回は……未知の怪獣が現れた〉

「そうなんだよなあ。絶対何か意味があると思うんだよ、それ」

内海も、難しい表情で思案を巡らせている。

「つーかさ」

六花は男性陣のディスカッションについていけず、憂鬱の溜息をこぼす。

「一か月ちょい、だよね……。巻き戻った時間の分、私たちって余分に年取っちゃったの？」

そして、より身近な危機に意気消沈していく。

〈君たちはまだ若い。あまり年月を気にする必要はないと思うぞ！〉

沈み込む六花を爽やかに励ますグリッドマン。

「気にするの」

〈すまない……〉

しかし声音の凍度を増した六花にじっと見られ、申し訳なさそうに俯いてしまう。

「我々大人と子供とでは、同じ一か月であっても時間の価値はまるで違う。六花の不安はもっともだが……はっきりと決まったわけでもない。悩まない方が賢明だ」

グリッドマンをフォローするためか、マックスも六花をうまくとりなしておく。

「新条さん本人にも聞いたんだけど、相変わらず煙に巻かれて……」

結局今は、現れる怪獣を倒していく以外に方法を見出だせないのだ。

「こうして前の時間の記憶が戻っても、この分じゃあんま当てになりそうにないな。また、一度に何体も怪獣が出てきたりするかも」

この先の戦いを思い、表情を険しくする内海。

「でも今までだって、いつも二体の怪獣と戦ってなかった？」

アンチを例に出す裕太だが、

「あの青いパクリ怪獣は、毎度勝手に乱入してきてるだけだろ。むしろ仲間の怪獣の足引っ張ったりしてるじゃんか」

内海はこれ見よがしに指を振る。

「そうじゃなくて、怪獣が力を合わせて襲ってきて大ピンチ！　――のやつ」

「のやつ、って……」

内海の表情が険しかったのは一瞬で、少し嬉しそうにしている。裕太は反応に困っていた。

〈たとえそうなったとしても、私たちも力を合わせて立ち向かうのは同じことだ〉

ジャンクのモニターの中では、グリッドマンが拳を握り締めて決意を新たにしていた。

マックスも深く首肯する。

「うむ。こちらの強みは、グリッドマンと私たちが連携を取れることだ。今後、怪獣が複数同時出現をした場合のことを考えておくべきかもしれないな」

マックスは今日の戦闘を高く評価した。

一度戦った怪獣だからといって、その時と同じ出動人員で同じように倒そうとしても、後手に回る。

臨機応変な出動、変則的な合体。

この奇妙な世界では、柔軟な戦闘法を駆使していかなければ乗りきれないかもしれない。

裕太の頭がかくんと落ちる。急に、ひどい眠気に襲われていた。

「…………」

「……疲れたようだな。大丈夫か、裕太」

「大丈夫です。みんなも記憶が戻って、気持ちが楽になったから……」

マックスに気遣われ、強がる裕太。

楽になれた、というのは嘘ではないだろう。しかし、少し遅かったかもしれない。

記憶喪失と記憶混濁の二重苦は、確実に裕太の心身を責め苛んでいたのだ。

AKANE SHIN
(BLACK)

新条アカネ（?）

巻き戻った時間の中で裕太たちのクラスにいる新条アカネ。
見た目はアカネと同じだが、黒髪で眼鏡をかけている。
そのため便宜上「黒いアカネ」、「黒アカネ」などと呼称されることも。
最初は六花や裕太が話しかけてもほぼ無反応だったが、
やがて彼らと少しずつ会話をするようになり始めた。
まるで、感情を獲得していくかのように。
そして、その目的も徐々に語られていくこととなる。

怪獣創りは楽しかった。新条アカネは元より怪獣が好きだったし、この世界における自分の権能の象徴ともいうべきものが、怪獣だったからだ。

嫌なことがあったら壊せばいい。嫌な奴がいれば殺してしまえばいい。

全能感を満たしてくれる怪獣だからこそ、創意工夫を凝らしたい。

アカネは怪獣のデザインのみならず、その能力や特性に至るまで、次々にアイディアを出しては、協力者のアレクシスに賞賛を受けていた。

ある日、アカネがいつものようにちょっと試してみたいことを提案した。

〈ふむ。擬態能力を持った怪獣、かい?〉

アレクシスは、アカネの説明を反駁する。

「何にでも変身できる怪獣なんだ。面白いでしょ?　私の姿にもなれるの」

〈ほうほう、アカネくんの姿に〉

気のせいでなければ、アレクシスの反応があまりよくない。

それもあってか、アカネは補足に熱を込めた。

「それが完成すれば、怪獣の視点を私に直接転送できたりするはずだし。ドローンで空撮するより、ずっと臨場感あるでしょ？」

〈あぁ～、それはつまり、擬似的にアカネくん自身の手で人間を殺してみるということだね。いいんじゃないかな、何事も経験だ〉

何度も頷くアレクシス。

「…………」

アカネは、否定も肯定もしなかった。

創り上げたフィギュアを机の上に載せ、アレクシスへと実体化を促す。

〈ほほう、これは……なるほどね。素晴らしいよ、可能性に満ちた怪獣だ〉

アレクシスはそのフィギュアを見て、ようやくいつものように言葉に喜色を顕した。

〈では――インスタンス・アブリアクション!!〉

アレクシスの目が、妖しき赤光を放つ。

絶対の神である新条アカネの行動に、間違いはない。今回もそうだろう。

しかし語り継がれるあらゆる神話において、神には必ずと言っていいほど訪れる試練がある。

それは、自分の創造した物からの予想外の刃向かい。

――叛逆だ。

なみこやはっすと一緒に中庭で昼食を済ませた六花（りっか）は、ふと見上げた校舎――渡り廊下の屋上に見知った顔を見つけた。二人と別れ、六花は屋上へと向かう。

屋上へのドアを開けると、そこにはアカネが一人で立っていた。

すっかり見慣れた黒髪が、微風に軽く揺れている。

先日の戦いを機に、六花や内海（うつみ）も時間が巻き戻る前の記憶を取り戻すことができた。

新条（しんじょう）アカネが怪獣を操っているという事実もだ。

今のこの世界のことなど、色々と聞かなければいけない気がしたが――その前に六花は、雰囲気が変わってしまったアカネと友達同士の話をしたいと思っていた。

「お昼……食べた？」

当てもなく視線を空に彷徨（さまよ）わせているアカネに、六花は穏やかな声で話しかける。

「食べない」

アカネはにべもなく返す。それでも六花は気にすることなく、

「はい、これ」

ここに来る途中で買ってきたパック飲料を差し出した。

「アカネ、トマトジュース好きだったでしょ？」

六花はアカネが教室や学食で何か食べているのを、不思議と一度も見たことがなかった。

しかし、トマトジュースを飲んでいるところだけは、何度か見た覚えがある。

アカネはパックを受け取ると、物珍しいものを見るかのようにじっと視線を注ぐ。

「……好きなわけじゃないよ。多分」

アカネの素っ気ない口調。そして自分の行動に、六花は既視感を覚えた。

程なくそれが、アンチのことだと思い至る。

（そっか。今のアカネ、何かちょっとアンチくんぽい雰囲気あるかも）

あの銀髪の少年を見かける度に何故か気になってしまい、ご飯をあげたり、お風呂に入れてあげたりと世話を焼いてしまった。

この巻き戻った世界ではまだ会えていないが、彼は元気にしているだろうか。

そんなことを思いながらアカネを見やると、パックにストローを差すのに苦戦していた。

「あ」

アカネが小さく声を上げる。パックを握る手に力を入れすぎていたようで、ストローが差し込まれた瞬間、中身が勢いよく飛び出して自分の顔にかかってしまった。

身動ぎ(みじろ)もせず立ち尽くすアカネ。その透き通るような白い頬を、赤い液体が伝っていく。

「ああっ……大丈夫？」

六花(りっか)はカーディガンのポケットからハンカチを取り出し、アカネの眼鏡や頬を拭う。

「制服には――かかってないね……」

そしてブラウスに触れて染みができていないか確認していると、

「――六花は、優しいんだね」

不意打ちめいた言葉が聞こえてきた。六花ははっとしてアカネの顔を見る。

無表情なアカネが、自分を観察するように視線を注いでいる。

アカネは六花から眼差しを外さないまま、ストローを口に咥(くわ)え、ジュースを飲み始めた。

それが何だかおかしくて、六花もしばらくの間、アカネを見つめ続けていた。

アカネは人当たりがよく何でもそつなくこなす、憧れさえ感じるほど完璧な女の子だった。

それがどうしてこんなにも、雰囲気や態度が変わってしまったのか。

もう少し後でいい。けれどいつかきっとそのことを聞こうと、六花は思った。

■

同じ日の放課後。裕太(ゆうた)と内海(うつみ)と六花は、話し合いのために人気(ひとけ)のない校舎裏へ集まった。

中庭などでもいいが、友人にからかわれるのを避けたい六花の意向でもある。

「結局さ。俺たちが覚えてるのって、学祭の片付け日に新条が黒髪にしてきたとこまでだろ。その日に何かされて、こうして同じ時間を繰り返してるんだよな」

神妙な表情でそう語る内海。彼は記憶を取り戻してからというもの、今の状況の原因について考えていたという。

「じゃあどうして新条だけ、あんなにわかりやすく雰囲気が変わったのかなって思ってさ」

内海は考えた末に辿り着いた結論を、裕太と六花に打ち明けた。

「もしかして今の新条――別人ってことは考えられないか？　たとえば、擬態とか」

「擬態って？」

にわかには意味がわからずに、聞き返す裕太。

「新条は、何者かと入れ替わられたかもしれないってこと。宇宙人の常套手段じゃん」

「また始まったし……」

六花は呆れて溜息をつくが、

「あ。でも、何かそういうの昔映画で観たかも」

ふと、子供の頃に観たパニック映画を思い出した。

宇宙人が気づかれないうちに地球の人間社会に溶け込み、やがて世界を支配していくのだ。

これなら、自分にも想像できる。

「な、あり得るだろ。だいたい新条が神様だってんなら、その力を狙って取って代わろうとする宇宙人がいたっておかしくない。宇宙人はそういうことするんだよ！　人間騙すためにセーラー服だって着るんだって！」

我が意を得たとばかり、凄まじい早口で捲し立てる内海。

六花は少しでも同調したことを後悔していた。

「そういえば……あのラスボスっぽい宇宙人も、全身黒ずくめだった」

「……考えたくないけどさ。新条アカネが急に黒髪になった理由……それじゃね？　見た目は完璧に擬態できてるのに、うっかり自分の特徴残しちゃってる——とか、定番だもんな」

裕太は別にあの宇宙人がアカネに成りすましていると考えて言ったわけではないのだが、内海にそう結論づけられてしまった。

裕太は、中華料理店でアレクシス・ケリヴと会った日のことを思い返す。

人間離れした巨体、後頭部で燃える青い炎、不気味に口許が発光するマスク。

それでいて態度は妙に紳士的で、口調も終始穏やかだった。それが逆に底知れなさを感じさせた。

そんなアレクシス・ケリヴがいそいそと着替えをし、アカネに成りすます様を想像する。あのダンディな声で、以前屋上でアカネと話した時の台詞が脳内で再生されてしまう。

『この私を見て、どう思う？』

たちまち怖気(おぞけ)を走らせる裕太とは裏腹に、内海はどんどんテンションが上がっていた。

「オッケー繋がってきた！　あとはその擬態をどうやって曝(あば)くかだけど――」

「全然繋がってない！　真面目に考えて」

多少感情的になって言い放つ六花。

昼休みにアカネと一緒に過ごした直後なだけに、内海の発言はいささか悪手だった。

「いや、俺は大真面目だって……。このぐらいブッ飛んだこと考えないとさ。俺たち、それ以上にワケわかんない状況にいるんだよ？」

六花に凄まれてバツが悪そうにしながらも、内海は素直にそう吐露(とろ)した。

「そうだね……新条さんにも何かが起こっているのは、確かなはずだし」

裕太は内海に同意する。

「新条さんは、今の状況がリセットと同じようなものだって言ってた。何とかしない限り……どこかでまたもう一度、時間を戻されるかもしれない」

「困るって。これ以上無駄に年取りたくないんだけど……」

やはり六花にとって、それは切実な問題のようだった。

「とにかく私、これからもっとアカネと話してみる」

「うん。俺も色々考えてみるよ」

頷(うなず)きながら、裕太はふと渡り廊下の屋上の方を振り仰いだ。

逆光でシルエットしか見えないが、一人の女子生徒が柵にもたれかかり、こちらを見ているような気がした。

■

死神めいた黒衣の長躯（ちょうく）が、歩道橋の只中にひっそりと佇（たたず）んでいた。

その視線は、黄昏の街を当てもなく彷徨（さまよ）い歩く少年・アンチへと注がれている。

〈アンチくんは、放っておいて問題なさそうだ〉

アレクシス・ケリヴは、アンチの今の心境を見抜いているかのようにほくそ笑んだ。

どれだけ傷つこうともグリッドマンが現れればお構いなしに挑みかかっていたアンチが、今や戦う意志を失いかけているかのように見える。

それだけ、この状況に翻弄されているのだろう。

ここで始末するよりも、泳がせておいた方が後の楽しみになる。

それは、元の世界でアカネにアンチの始末を依頼された時、中途半端に制裁を加えて放置した時と同じスタンスだった。

しばらくすると、今度は黒髪のアカネが歩道を歩いているのが見えた。

彼女は本物のアカネと違い、健気（けなげ）にも「登下校」という行為を毎日律儀に繰り返している。

〈結局ぬか喜びに終わってしまったとはいえ、アカネくんの怪獣でグリッドマンに勝てたのは、アンチくんだけだ〉

弱々しく歩く黒いアカネを見て、アレクシスは声音に喜色をにじませる。

〈たった一度だけの勝利。成功体験。アンチくんをどれだけ疎ましく思おうと、アカネくんは心のどこかでオートインテリジェンス怪獣の有用性を認識していたんだねえ〉

グリッドマンへの度重なる敗北。

それは、アカネの全能感を揺るがし、覚えるはずのない不安を生んでしまった。

そうして、黒いアカネは動き出したのだ。

創られた目的が正しく合致し、必要とされてしまったから。

〈しばらくは──彼女に頑張ってもらうとしよう〉

アレクシスは、幽鬼のような足取りで黒いアカネの背後から近づいていった。

今日も、彼女に力を貸すために。

■

午前授業の後で裕太と内海、六花はジャンクショップ『絢』に直行した。

今日、店は休みで、六花ママはどこかに出かけている。その一方で新世紀中学生は全員揃っている。話し合いをするにはうってつけなのだが、そんな空気ではなさそうだ。

裕太とボラーがソファーに。六花とマックス、キャリバーとヴィットがカウンター席に。内海がジャンクの前のＰＣチェアに座り、全員ぼーっとしている。暇な時はほぼ必ずスマホをいじっているヴィットでさえ、何もせず虚空を見つめているほどだ。

モニター上では全く表情が変わらないグリッドマンですら、心なしかぼーっとしているように見える。

裕太自身はここ数日、ひどい倦怠感に襲われている。色々考えすぎて、悩みすぎて、知恵熱が出てしまったのかもしれない。

皆も同じように、この世界の異変を自分なりに考えているのかもしれない。

裕太は気遣うように視線を漂流させる。ふと、六花に目が留まった。

彼女は最近、アカネのことで悩んでいるようだ。その切ない横顔を見ていると、胸が締め付けられる。

こんなことではいけない。裕太はある決意を固めていた。

（よーし……い、言うぞ……！）

裕太は自分を奮い立たせるように頷いて立ち上がると、カウンター席に座る六花に歩み寄っていった。

「六花っ！」

「ん。どうしたの？」

「さ、最近、ちょっと気分が滅入ってるっていうか、疲れてるからさ……。気晴らしに、どっか遊びに行かない？」

カウンターで腕組みをして座っていたマックスの肩が、ピクリと動く。

グリッドマンが、滑らかな所作で裕太へと顔を向ける。

怖じ気づくように六花から目線をそらす裕太。六花の返事はすぐだった。

「うん、いいよ」

「ホ、ホント？」

まさかの快い返事をもらえたことで、裕太の表情が華やぐ。

そして再び、マックスの肩がピクリと動く。

グリッドマンは一度だけ、ゆっくりと深く頷いた。

「えと、じゃあ――」

裕太が案を出そうとするが、

「キャリバーさんたちって、どっか行きたい場所とかありますか？」

それより早く、六花は当然のようにキャリバーたちに尋ねた。

「おぉ俺たふぁちか……？」

欠伸（あくび）をしかけていたキャリバーが、不意を突かれてそのまま欠伸交じりに聞き返す。

「どうせなら、みんなが楽しめるところの方がいいから。ね、響（ひびき）くん」

「………だよね……」

六花（りっか）の顔を直視できず、裕太（ゆうた）はぎこちない笑みを浮かべる。

内海（うつみ）は裕太を横目で見て苦笑していた。彼は、裕太の六花への気持ちに関しては、干渉したりからかったりはしないのだ。

肩を落とす裕太を見るや、マックスは静かに目を伏せた。かと思えば――

「よし、全員で行くぞ！」

何かを決意したかのようにくわっと目を見開き、そう宣言する。

裕太は観念して気持ちを切り替えた。気分転換の名目で遊びに誘った以上、皆も一緒に行くのは理に適っている。そのはずだそう思おう。

「グリッドマンは、ジャンク以外のコンピュータに一時的に移動することってできないの？電話線を通って俺のスマホに入れたりしたら……一緒に出かけられるよね」

裕太はこの機会にと、グリッドマンに提案した。

校外学習の時は怪獣と戦うためジャンクそのものが必要だったが、ただお出かけをするぐらいなら移動はできるのではないか、と考えたことがあるのだ。

「せめてネット回線って言えよ……。まあこの古さだと、ジャンクは電話線でインターネットしてた時代のパソコンなんだろうけどさ」

口数少なだった内海が、ツッコミを入れる。

〈ありがとう。だが、私には構わず皆で楽しんできてくれ。裕太の言うとおり、心と身体を休めることも大切だ〉

グリッドマンの誠実な言葉に、裕太は感激する。

「で、どこ行く？　カラオケとか？」

とりあえずで提案する内海。

「カラオケは、ちょっと……」

裕太は記憶喪失だ。知っている歌が、そもそもほぼないのだ。

それにカラオケは、六花が大学生たちと遊びに行くと聞いてやきもきさせられた思い出が色濃く、ちょっと苦手意識がある。

というか内海も、その時アカネがカラオケ店にいる間は一喜一憂していたではないか。

「じゃあ、北口の辺り適当に回る？　ゲーセンとかボウリング場とかあるし」

「お、それでいいじゃん。ゲーセン行こーぜ」

六花もとりあえずの案として挙げたようだが、ボラーがあっさりと決めてしまった。

裕太たちは店に通学バッグを残し、席を立つ。

〈留守番は任せてくれ〉

グリッドマンなりのジョークなのだろうか、それとも大真面目な発言なのだろうか。いずれにしても、裕太はそれを微笑ましく感じた。

■

裕太たちは、街で一番大きなゲームセンターにやって来た。

実際、敷地面積はなかなかのものだ。

入り口付近には、クレーンゲームの筐体が何十種類も並んでいる。

その奥には、競うように音を発するたくさんの大型ゲーム機。周囲は大音量の不協和音で満たされていた。

「内海はよく来るの？　ゲーセン」

「いや、そんなには。記憶を無くす前の裕太とも、一緒に来たのは数回だなー」

「そっか。六花は？」

「なみことはっすたちとこの辺来た時、ちょっと寄るくらいかな」

裕太たちが話している間に、集合時間も決めずに店内に散っていく新世紀中学生の面々。相変わらず自由だ。

何で遊ぼうか、と提案することもできないまま、裕太は六花についていく。

一方内海は、店内をぶらぶらと歩いているうちにボラーと遭遇した。

大画面のゲーム筐体の前で、操縦桿型のコントローラーを操作している。子供用の踏み台を持ってきて乗っていることに気づいたが、後が怖いのでからかったりはしないでおく。

様々な兵器を駆使して迫り来る武装兵を倒していく、一人称視点のシューティングゲームだ。今はオンライン対戦中らしい。

画面上部に表示されているスコアを見るに、対戦スコアは1位を維持している。

「ボラーさん、めっちゃイケてるじゃないっすか……」

「普通だよ、普通」

内海に気づいたボラーは、画面から目を離さずに答える。

いつものように邪険にあしらっているようで、その言葉には仄かに喜色がにじんでいた。

どうやらこういうFPSジャンルのゲームが好きなのかもしれない。

邪魔をしないようにその場を離れた内海だが、今度はクレーンゲームコーナーでキャリバーを発見した。

「お。キャリバーさん何やってんの」

「じ、時間を潰している」

「いや、それは俺たちみんなそうなんすけど……」

キャリバーはいつもの猫背で、筐体内の景品を熟視している。

フィギュアが入った箱が二本のバーの上に置かれた、「橋渡し」などと呼ばれる機種だ。サムライ☆キャット。羽織袴に大小二刀を差した、愛らしい笑顔を振りまく二頭身のネコのゆるキャラだ。そのネコの箱フィギュアがお目当ての景品らしい。

筐体内に貼られたポスターに「人間は全て叩き斬ってやるニャン」とポップなフォントで書かれているが、見た目と本性のギャップが売りのキャラなのだろうか。

しかも、微妙にキャリバーのフルネームとかぶっている。

一通り観察が終わったのか、キャリバーは硬貨を投入。人差し指を操作ボタンの上で彷徨わせた後、不慣れな手つきでそっと押す。

動きこそぎこちないが、横と奥行きの軸調整は完璧。アームは箱の真ん中を掴んだ。

だがそこから持ち上げきれずに箱はアームを滑り落ちてバウンドし、スタート位置から僅かにずれた程度で静止した。

「こ、このクレーンには、あの重量を持ち上げる力は、ない」

「そりゃ、一発で取られたら店も商売にならないでしょ……コツがあるんすよ」

内海が自分の財布を取り出す前に、キャリバーはボタンの横に積み重ねていた硬貨をすかさず投入した。これでやれ、ということらしい。

「持ち上がらなくったっていいの。バーの隙間から下に落とせばいいんだから」

攻略法は一つではないだろうが、二本並んだバーの前後にほとんど空きが無いこのタイプでは、箱を回転させることでうまくバーの隙間から落とすことを求められる。

アームで中心を捉えてしっかり箱を持ち上げるのではなく、重心の偏った端の方をアームで掴み、ずらしていけばいいのだ。

「アームの力が弱いなら、箱をちょっとずつ何度も動かしてけばいいだけ、と」

内海は得意げな顔で解説する。

実は昔、プライズ限定の特撮アイテムを取ろうとして上手くいかず、ネットで必勝法を検索したクチなのだが、雰囲気だけ熟練者のそれを醸し出しておく。

そうして内海は六度目のチャレンジで、箱を隙間に落とすことに成功。

筐体下部の取り出し口から箱を掴み、キャリバーへと手渡した。

六〇〇円で箱入りフィギュアが取れたのだから、上々といったところだろう。

「……礼を言う」

「全然いっすよ。俺たちの方が、いつもキャリバーさんたちの世話になってんすから」

受け取った箱を凝視するキャリバー。

相変わらず何を考えているのかわかりづらいが、彼が意外と好奇心が旺盛なことを、内海は知っている。前もラムネ瓶の中にあるビー玉に興味を示し、何とか取り出そうとしていた。

「これはお前にやる」

「それだと、キャリバーさんの金で俺が景品取っただけになるんすけど……」

そういえば件のラムネ瓶の中のビー玉も、わざわざ刀で瓶を斬ってまでして取り出しておきながら、あっさり裕太に渡していた。

「六花にあげれば喜ぶと思いますよ」

「では、お前から渡してくれ」

「それも何か意味ありげだなあ!?」

半ば強引に内海に手渡すと、キャリバーはクレーンゲームコーナーを去って行く。狭い通路で、刀の鞘がそこかしこにぶつからないよう、苦労している。

「ん……じゃあ俺は裕太に渡して、裕太が六花に渡せばいいのか……？」

ゆるキャラの箱を手に、内海はしばらく考えこんでいた。


裕太と六花は、二人並んで店内を練り歩いていた。

会話が弾まず無言の時間が増え、裕太は徐々に焦り始める。

自分で全員を遊びに誘ったのもあってか、六花はどちらかというと自分が何をしようかというより、散り散りになった他の面々が何をしているかを発見して楽しんでいるように見えた。

裕太は何とかこの言葉少なな雰囲気を打破しようと、六花を幾度となくチラ見する。

それに気づいた六花は一瞬裕太に眼差しを送るも、特に何か言ってくるわけでもなかった。

（いや、駄目でしょこの雰囲気……何でもいいからやらないと……！）

裕太は周囲を見渡し、六花が好みそうなゲームを探す。

エアホッケー。疲れるから嫌だと言われたらどうしよう。

女児向けアニメのカードゲーム。六花が楽しめたら奇跡だ。

そうだ。六花はよく、スマホで音楽を聴いている。リズムゲームならどうだろう。

「あ、ヴィットさんクイズやってる」

六花の呟きで、裕太の思考が中断される。見てみると、確かにヴィットがクイズゲームの筐体に備え付けられた椅子に腰掛けていた。

言っては何だが、意外だった。一番普通の青年に見えるヴィットだが、普段ゲームなどに興じているイメージはない。

と、一瞬ヴィットがこちらをちらりと見たような気がした。

ゲームセンターに来た以上、ゲームをする。満喫とまではいかなくとも、皆と同じ空気には溶け込もうとする。それもヴィットらしいのかな、と、裕太は納得する。

「死ね！　死ねーっ!!」

背後から聞こえる女の子の声に、ハッとして振り返る裕太。

女子中学生だろうか、制服を着た少女二人が、笑い合いながらプレイに興じている。ハンドガン型のコントローラーを使う、大型筐体のゲームだ。

銃器を持ったモンスターが画面の奥から迫ってくるが、次々と返り討ちに遭っていた。

「……ゲーム……」

裕太（ゆうた）は我知らず独りごちる。

アカネは、世界を征服したいというような、それっぽい理由が背景にあって怪獣に街を襲わせているわけではない。神である彼女はすでに世界の支配者なのだから、当然だが。

中華料理店でのアカネとの会話を思い出す。自分が殺したクラスメイトの父親の前で、平然とそのことを口にする。ゲーム感覚でもあるのだろうが、彼女はそれ以上に超然とした死生観でこの世界の人間と接している。

そんなアカネが、最強の怪獣を退けられたことで、全てをやり直すほど悔しい思いをした。

その情動は今、どこに向いているのだろう。

何故この巻き戻った世界では、自分たちにほとんど接触してこようとしないのだろう……。

「響（ひびき）くん？」

「あっ……ごめん」

六花（りっか）に呼びかけられ、裕太は反射的に謝ってしまう。

「リフレッシュするんならさ、もう少しテキトーに肩の力抜いた方がいいよ」

六花は少し憮然（ぶぜん）とした目つきで裕太を見つめた。それは退屈だからではなく、提案した裕太自身が外出を楽しんでいないように見えたからだろう。

「何か最近の響くん、周りの全部にアンテナ立ててるみたい。疲れない？」

「疲れる……」

全て見透かされているようだった。六花が特別勘がいいというわけではなく、自分がそれ程わかりやすく参っているということだろう。

「楽しんでいるか、裕太、六花」

マックスがやって来た。まだ何も遊んでいないとは言えず、裕太は聞き返した。

「マックスさんは？」

「何をやろうか、迷っていたところだ」

マックスも自分たちと同じようだ。裕太はざっと周りを見渡し、あるゲーム機を見つけた。

「あっ、あれなんてどう。パンチングマシーン」

「む？　私は別に、何かを殴ることが得意なわけではないぞ？」

「トゲトゲのついたグローブみたいなのして戦ってたから、つい……」

裕太としては会心の提案だったのだが、マックスはあまり乗り気ではない。

気は優しくて力持ちを体現したような傑物だ。あえて腕力を見せびらかすようなことは好まないのかもしれない。

「……ふむ」

むしろマックスはその対極、ファンシーな飾り付けをされた一角に視線を向けていた。

プリントシール機のマシン、『プリマシ』だ。撮りたいのだろうか。

「裕太。高校生の男女がゲームセンターに来たのだ。あれをやるのが自然だろう」

「自然ですか?」

「自然だ」

目力がすごい。

高校生にこれが必須だったのはかなり昔のことだと思うが、マックスに言われると何故か説得力がある。

「あ、じゃあマックスさんも一緒に撮りますか?」

六花が提案すると、マックスは静かに首を振った。

「使い方がわからないな。まず裕太と六花だけで撮って、手本を見せてくれないか」

別に複雑な操作などないのだが、手本を見せて欲しいと言われれば、断る理由も無い。

「いいですけど……じゃあ入ろっか、響くん」

「っは…………うん…………………!!」

裕太はまたも花咲く笑顔になり、六花と一緒にプリマシコーナーの中に入っていく。

「……フッ。相変わらず、まどろっこしいやつらだ」

「なんで一仕事終えたみてーないい顔してんだよ」

通りすがりのボラーが、マックスとすれ違いざまに穏やかなツッコミを置いていく。

その後プリマシコーナーには、内海（うつみ）やキャリバーたちが続々と集まってきた。

最後には裕太、内海、六花と新世紀中学生全員で撮影をすることに。

大人数用機種のボックスでもマックスは窮屈だったようで、天井にぶつからないよう首を曲げていた。おかげで写真ではお茶目に小首を傾（かし）げているように見え、とても微笑（ほほえ）ましい。

そんなマックスの頭が思っていたより自分の近くにあってぎょっとしているヴィット、真顔でカメラを覗き込むキャリバー、内海に変顔を強要してじゃれつくボラー、それを見て苦笑する六花。その真ん中に、裕太がいる。

でき上がったシールを手に取り、まじまじと見つめる裕太。

上手く言い表せないが——すごくいい一枚だった。得難い思い出だった。

そして裕太にとって何よりも嬉しかった、六花とのツーショット写真を手に取る。

六花がデコレーションペンで書き添えた、「裕太」、「六花」、それぞれの名前が可愛らしい。

裕太は財布の中にシールを入れ、満足げに頷（うなず）く。

ゲームセンターを出た後は全員揃って適当に周辺の店をぶらつき、ファストフード店で遅めの昼食を済ませて帰途についた。

サムライ☆キャットの箱はビニール袋に入れられ、巡り巡って六花が持っている。

時間が巻き戻ったのは、考えようによっては悪いことばかりではない。

相も変わらず、神の手の平の上で弄（もてあそ）ばれているだけだとしても。

こうしてまた新たな思い出を上積みすることができるのなら、それは素晴らしいことだ。

「六花」

裕太が呼びかけると、六花は歩みを止め、小さく振り返った。

「何？」

「ありがとう。俺、まだまだ頑張れそうだよ」

「ん」

短いやりとりの中で、彼女の優しさを感じた。

裕太はあらためて、六花を見つめる。

黄昏色の風にそよぐ髪が、本当に――


感傷に割り込むように、Gコールが鳴り響く。

裕太がハッとして左腕を見やると同時、周囲を激しい揺れが襲う。

「うわっ、危ね！」

転びかけた内海は、咄嗟に踏み堪える。

「怪獣が……いる！」

裕太が指差した先、ビルというビルを叩き壊しながら、怪獣が前進している。

二本の黄色い触手を揺らし、頭部にはルビーのような赤い一つ目。腰に巨大な口を備え、そ

WER STUDI
裕太
六花

の横から生えた二本脚で闊歩する不気味な見た目の怪獣。ゴングリーだ。

「今日は、初見の怪獣はいないようだ」

マックスは、複数の怪獣の出現を警戒している。

とにかく、ジャンクへと向かうことが先決だ。

「急ぐぞ」

キャリバーは裕太、内海、六花を小脇に抱えて跳躍した。

■

キャリバーに運ばれてジャンクショップ『絢』に到着した裕太、内海、六花。

裕太は左腕のリストバンドを外しながら、ジャンクの前へと駆け寄った。

〈……裕太――〉

心なしか、グリッドマンの声が沈んでいる。

ゆっくり遊んで来るよう見送っておきながら、怪獣の出現で戻ってきた自分たちを見て、心を痛めてくれているのかもしれない。

裕太はグリッドマンを慮り、努めて勇ましい口調で呼びかけた。

「グリッドマン、行くよ！　俺たちが街を守るんだ!!」

〈……ああ！　ともに戦おう、裕太!!〉

グリッドマンは裕太の心遣いを察したのか、凛(りん)とした貌(かお)つきで拳を握り締めた。

「アクセス――フラッシュ!!」

プライマルアクセプターに右腕をクロスさせた瞬間、裕太の身体はジャンクへと吸い込まれてゆく。

グリッドマンと合体した瞬間、裕太は妙な胸騒ぎに襲われた。

それは的中し、怪獣の前に立ちはだかった瞬間、グリッドマンに異変が起きた。

頭、胸、腰、手足――全身の赤い部分が、瞬く間に青く塗り変わっていく。

〈むう！　これは……!!〉

グリッドマンが咄嗟(とっさ)に自分の全身を見下ろし、確認している。

ジャンクのモニター越しにその様を見た六花と内海は、怪訝(けげん)な表情になる。

「青い、グリッドマン……」

「あれって、キャリバーさんが最適化する前のグリッドマンだよな」

ジャンクに表示されているパラメータも、普段内海たちが目にしているそれに比べて圧倒的に低い。

内海の記憶が正しければそれは、青いグリッドマンの時に見たのと同じパラメータ。しかも、怪獣に反撃を開始する前の一番低い時の値と同じだった。

そこへマックス、ボラー、ヴィットも遅れて『絢（あや）』へ到着した。援護出動のメンバーを誰にするか話し合いながら店内に入って来るが、画面上のグリッドマンの異変に気づく。

「ありゃ、どうしちまったんだグリッドマン」

「俺たちが合流する前のグリッドマンに戻ったの？」

ボラーとヴィットの疑念に、戦闘中のグリッドマンの声が重なる。

〈ぐわあっ！〉

触手を首に巻き付けられ、そのまま弧を描いて投げ飛ばされるグリッドマン。早くも苦戦を強いられていた。

「あの姿で戦ったのは、何回だ？」

マックスは六花（りっか）に念のための確認を取る。

「わからないけど……私たちが見たのは、最初の一度だけです」

このグリッドマンはいわば、初期形態（イニシャルファイター）。

あくまで未調整がゆえの不完全体で、パワーダウンによってこの形態になるわけではない。

キャリバーの手によってジャンクの最適化がなされ、何より裕太（ゆうた）がプライマルアクセプターを手にして合体が完全なものとなった後は、二度と現れるはずのない姿だった。

〈身体が重い……！　これ、俺がグリッドマンと初めてアクセスフラッシュした時と、同じ感覚だ……！〉

ジャンクから聞こえる裕太の声にも、動揺がまざまざと顕れている。

「…………」

キャリバーはジャンクの前で屈み込むと、カバーを外して内部を調べ始めた。

「開けちゃって大丈夫っすか、今グリッドマン戦ってますけど……」

心配そうに尋ねる内海。作業者の安全のため、加えてパソコンに負荷をかけないためにも、交換などで内部パーツに触れるのは通電していない時に——というのが常識だからだ。

「だ、大丈夫だ」

きっぱりと返答し、キャリバーはチェックを続ける。

固唾を呑んで見守る一同。

〈ぐっ……！〉

モニターからは、グリッドマンの苦悶の声、怪獣の叫び、そして激しい激突音が断続的に聞こえてくる。

程なくしてチェックを終えたキャリバー。しかし、立ち上がって内海たちへと振り返った彼の表情は硬かった。

「……ジャンクは、どうもなっていない」

キャリバーの報告に、マックスは腕組みをして思案顔になった。そして細めた目をジャンクのモニターへと向ける。

「あれはすでに対戦経験のある怪獣だ。奴の固有の能力とは考えにくいが……」

「きっと、新条アカネが滅茶苦茶やり始めたんだ。自分の怪獣をどんだけ強くしてもグリッドマンに勝てないから、グリッドマンを弱くする方に路線変更したんすよ」

「………」

内海の推論を耳にし、六花が唇を噛みしめる。

「ま、あり得ねー話じゃねえな」

珍しく内海の意見に同意するボラーだが、それでも訝しげにモニターを睨んでいる。

「いや。作られた世界といえど、ルールはある。神にもできること、できないことはあるだろう。現に――グリッドマンの力の根源である、このジャンクまで侵食されてはいないのだから」

神妙に語るマックス。

「とにかく、グリッドマンを援護しに行かねえと。お前どうだ、マックス」

「ああ」

ボラーの提案に応諾するマックス。しかし彼が動くよりも早く、キャリバーがジャンクへと歩を進めた。

「グリッドマンに直に合体するお前たちでは……不調の影響を、より強く受ける。お、俺が行く」

「策はあるのか、キャリバー」

マックスの問いに、グリッドマンを最適化した当人であるキャリバーはいとも簡単に結論を出す。

「さ、最適化が綻んだ原因がわからない以上、気にしていても仕方がない。——力が弱っていても、構わずに戦う」

「簡単に言うなあ……」

苦笑するヴィット。しかし決然とジャンクの前に立つキャリバーを目にすると、彼を見送るように小さく首肯(しゅこう)した。

「アクセスコード……グリッドマンキャリバー!!」


キャリバーの全身が光に包まれ、ジャンクに吸い込まれていく。

モニターに映る、苦戦するグリッドマン。その上空に、光の穴が煌(きら)めいた。

自分は合体ではなく手にする武装であるため、グリッドマンの不調の影響を受けにくい——そう予想していたであろうキャリバーだったが、パサルートのゲートを飛び出た瞬間に異変が生じた。

刀身はたちまち黄金の輝きを失い、白銀の刃へと変貌。翡翠(ひすい)の宝玉は真っ赤に染まり、さらにアックスブレードと呼ばれる巨大な鉞(まさかり)状の鍔(つば)も、より青く色づいていた。

「あれっ！　キャリバーさんも色が変わっちゃったけど……」

六花が驚いて指を差し、

「多分、パワーダウンしてるよなぁ」

内海は難しそうに考えこむ。

「我々の力は、グリッドマンあってのもの。彼が不調であったならば、その影響は出動した瞬間に受けるということか……。どうする、キャリバー」

マックスはいち早く原因を看破し、目つきを険しくする。

全員で固唾を呑んで、グリッドマンの戦いを見守っていた。

■

〈グリッドマン！〉

空にキャリバーの声が響く。

グリッドマンはハッとして振り返り、飛来したキャリバーを手にする。

輝く切っ先を怪獣へ突きつけるように、その大剣を構えた。

〈電撃大斬剣！　グリッドマンキャリバーーッ!!〉

青色の雷光が轟く。

活路を拓こうと、グリッドマンはゴングリーへと突進する。

ゴングリーの後頭部からも幾条もの光る触手が出現。メインの二本の触手と合わせ、ムチのようにしなりながら宙に蠢き、間合いへ近づけさせまいとグリッドマンの行く手を阻む。

グリッドマンキャリバーを手にしたグリッドマンは、まさに剣聖。

巨大な怪獣を豪快に斬り伏せてきたが――

〈むうっ……〉

グリッドマンキャリバーを思うように扱えず、触手の対処に追われている。

触手を切り飛ばすどころか、弾くので精一杯だ。

大上段からの斬りつけが空振り、道路に切っ先がめり込む。

まるでグリッドマン自身が、大剣の重量に翻弄されているかのようだった。

〈ぐわっ！〉

触手を強烈に叩きつけられ、グリッドマンのボディから火花が舞い散る。

グリッドマンが道路に膝をつくと、衝撃で停めてあった車が浮き上がり転がっていく。

額のシグナルが点滅し、危機を知らせる。

〈このままでは……！〉

グリッドマンキャリバーを杖代わりに何とか立ち上がるも、覆らぬ劣勢を噛みしめる。ゆっくりと前進してくるゴングリーを前に、なおも大剣を構えようとするが――

〈俺を普段通り扱おうとするな。強引に振り回せ、グリッドマン！〉

赤くなった柄の宝玉が点滅し、キャリバーが檄を飛ばす。

〈よしっ！〉

それを聞いたグリッドマンは、腹を据えた。

構えを捨て、無造作にグリッドマンキャリバーを握って走り出す。

剣の切っ先が地面に落ち、火花を散らし、ついには道路にヒビを入れていく。

ゴングリーに接近すると、両逆手に持ち替えた剣を振り上げて斬りつける。

〈ち、力が弱いのなら、積み重ねればいい……!!〉

返す刀で斬り、さらに斬り、斬りまくる。

一撃が弱ければ、何度でも重ねる。

この思い切りのよさが、キャリバーの強さだ。

ゴングリーは乱打を嫌い、グリッドマンを引き剥がそうと躍起になる。頭部の赤い珠から勢いよく光線を発射した。

〈むんっ!!〉

グリッドマンキャリバーのアックスブレードを開き、盾のように構えるグリッドマン。

光線が弾かれて拡散し、周囲のビルへと次々に突き刺さる。

巻き起こった爆煙を突き破り、グリッドマンは一歩踏み込んだ。

〈はあああっ!!〉

剣を握ったまま拳を突き出すグリッドマン。再び閉じた巨大な鍔が、即席のナックルダスターとなって叩き込まれた。

たまらずよろめくゴングリー。

〈今だ!!〉

キャリバーが勝機を確信するとともに、グリッドマンキャリバーの刀身が青白い光を放つ。

助走距離を稼ぐため、大きく飛び退るグリッドマン。

背中のバーニアを全開にした上で、華麗な滑走ではなく、我武者羅な疾走でゴングリーへと迫撃する。


〈グリッド……！〉

〈キャリバー……！〉

〈〈エ――――――――ンドッ!!〉〉


グリッドマンとキャリバーが、全力を振り絞るように叫ぶ。

足りない威力を補うように、ゴングリーの眼前で旋回。回転の威力を斬撃に乗せ、刃を袈裟懸けに叩きつけた。

一筋の光条が身体に走り、ゴングリーは断末魔の悲鳴を上げる。

グリッドマンは爆散する怪獣を背後に臨みながら、勝ち鬨を上げるように切っ先を天に差し出すのだった。

■

ジャンクから光が飛び出し、裕太とキャリバーの形を取る。

「やったじゃん、裕太！」

「キャリバーさんもグリッドマンも、お疲れ様」

内海と六花は笑顔で二人を迎えた。

〈原因はわからないが……この状況でよく戦ってくれた、裕太〉

グリッドマンに労われ、裕太は安堵の息をついた。

立ち上がったキャリバーは内海を一瞥し、カウンターへと向かう。

内海ははっとして、ゲームセンターでのキャリバーとのやり取りを思い出した。

『力が足りなければ、何度でもやればいい――』

自意識過剰かもしれない。それでも、もしかすると自分とのやり取りがほんの少しばかりの戦いのヒントになったのかもしれない。

内海の胸に、誇らしさのような熱が湧く。

和やかな勝利のムードに包まれる店内。

〈一つ、わかったことがある〉

程あって、グリッドマンが口を開いた。

〈あの怪獣は、隠密性能を備えていたはずだが……それを活かさずにわざわざ居場所を教えるように暴れていた。創り手が使役しているのなら、怪獣の特性を無視はしないのではないだろうか〉

「……今の新条アカネが偽者の信憑性が増した、ってことか」

六花の表情を窺いつつも、内海は核心に触れる。

話を聞きつつ、裕太はソファーに腰を下ろした。

また、知恵熱だろうか。それとも戦闘の疲労だろうか。

身体がだるい。

不調を皆に悟られないよう平静を装いながら、裕太はグリッドマンが青くなった原因を予想していた。

グリッドマンと合体する存在である、自分の不調のせいなのではないかと。

アカネの部屋に、けたたましい音が響きわたった。

苛立ちを机の上にあった道具にぶつけ、乱暴に払い落としたのだ。その理由が――

「なぁんで！　失敗するかなー!!」

アカネがアレクシスに『お願い』した新しいコンセプトの怪獣が、実体化できずに失敗に終わってしまったのだ。これは、アカネにとって初めての経験だった。

〈アイディアは素晴らしかったのだけれどねえ。でも、色々試してみることは大事だよ〉

モニターに映るアレクシスは気軽に慰めの言葉をかけてくるが、アカネは収まらない。

「いや、何私のせいみたくしてんの？　アレクシスができなかっただけじゃなくて？」

〈怪獣がどんな存在か。それは私よりも、アカネくんの方がよく理解しているだろう？　微笑(ほほえ)ましい願望からでは、強い怪獣は生まれないんだろうね〉

アカネは怪獣の視る世界を望み、『擬態能力』を持った怪獣を創ろうとした。

自分に擬態し、相互に感覚をリンクする能力を持たせれば、それが可能になると考えた。

そういう――建前だった。

街を囲む毒煙怪獣のメンテナンス能力に比べれば、取るに足らない仕組みだったはずのその怪獣は……失敗してしまったのだ。

「もういい。カンペキやる気無くした」

憮然とした声で吐き捨てると、アカネは椅子に倒れ込むように座る。

〈アカネくん、忘れてはいけない。君に不快な思いをさせた人間は、この素晴らしい街に今も何食わぬ顔で存在している。大事なのは、その染みを拭き取ることじゃないかな?〉

かなり荒れていたアカネだったが、アレクシスに諭され、ようやく怒りを鎮め始めた。

「そうだね、とりあえずあいつは殺しとかなきゃ。思いっきりエグい怪獣創ってやるから」

〈そうそう、その意気だ。激しい情動を込めることこそが、怪獣との一番の同一化だよ〉

興が乗り始めたようだ。カッターを乱暴に突き刺すようにして石粉粘土のようなものを成形していく。アカネが制作に取りかかった怪獣は、全身が棘張っていて見るからに凶悪そうなフォルムをしている。

〈もっとも、アカネくんならいつか本当に怪獣になれる日が来るかもしれないね〉

アカネに聞こえるか聞こえないかの声で、アレクシスは意味ありげに呟いた。

〈私も、楽しみにしているよ〉

そうして新条アカネは、怪獣になろうという願望をすぐに忘れたはずだった。

その裏に秘め隠した真実。心に宿った、一片の不安ごと。

青いグリッドマンで怪獣と戦った日から、数日が経過した。

その日の朝、登校中の六花は着信に気づいてスマホの手帳型カバーを開いた。

裕太から『今日、ちょっと遅刻する』とメッセージが送られてきている。

「……マメか」

ぼそりと独りごちる。

自分は授業をサボった時に、裕太や友人たちに連絡をしたりはしなかった。

「そういえば、最近暑くないなー……」

サボろうと思ったのは雨の日か、うだるような暑さの日だった。

このところは暑くも寒くもない、適度な気候が続いている。

全てが普通なことが、逆に漠然とした不安を感じさせた。


ちょうど昼休みが始まる頃。連絡通り、裕太は遅刻してきた。

白いマスクをつけ、足取りも重い。

自分の席に座り隣の席を見るも、アカネは窓の外を見ていて視線を合わせようとしない。

内海と六花が、裕太の席へとやって来た。

「なあ。それ、六花の友達の真似か？」

「……はっすのこと？　何でそういう気っ持ち悪い発想になるかな……」

軽いジョークが六花に想像以上に辛辣な反応をされたため、内海は強がって反論した。

「じゃあ、あいつがマスク取ってるとこ見たことあるわけ？」

「大丈夫？　響くん、風邪引いたの？」

内海は唖然とする。思わず嘆声がこぼれてしまいそうなほどの、見事なスルーだった。

もしかすると本当に——親友の六花でさえ見たことがないのかもしれない。

はっすが、マスクを取ったところを。

「いや、咳は出ないから風邪じゃないかもしれないけど、妙に熱っぽくってさ……念のためにマスクしてるんだ」

裕太は自分で覚えている限りでは、こんなふうに体調を崩したことはないのだが……。

「具合悪いなら、今日は休めばよかったじゃん」

「俺、記憶喪失で全然授業ついていけないから、できるだけ休みたくなくて」

半ば呆れて言う六花に、裕太は切実な悩みを吐露した。

「おーい六花ー、飯だ飯ー」

「中庭のベンチな」

なみことはっすに呼ばれ、

「あ、うん。……それじゃ、響くん」

六花は裕太を気にしつつも、席を離れていく。

残った内海は、裕太の机に軽く尻を乗せ、話を続ける。

「校外学習が中止になって、ショックで寝込んだりしたのか？」

「いや、それはないって」

説明会まであった校外学習だが、直前になって中止になってしまった。

おかげであの山のように巨大な怪獣と戦うことはなかったが、楽しいイベントが一つなくなってしまったのは事実だ。寝込むほどではないが。

「俺はショックだね。あの幸せな時間は、何度でも味わいたかった」

「内海は女子に腹ぷにぷにされて、喜んでたもんね」

「や、喜んでねえし！」

内海は校外学習で水着姿の女子たちにいじられまくり、たじたじになっていた。

記憶が戻った内海にとって、それは是非もう一度体験したいものだったのだろう。

裕太が視線を感じて隣を向くと、黒髪のアカネがこちらを見ていた。

今の会話を聞かれていたのだろうか。

「……頑張って」

しかしアカネは何故か、無表情のままで裕太を応援してきた。

「え？　あ、うん……？」

わけもわからず返事だけをする裕太。

記憶喪失のせいか、裕太はたまにどこかずれていると内海たちに言われることがあるが……

今のアカネも、そんな感じがする。

そういえば――アカネの力が及んでいるのはツツジ台だけで、隣町は校外学習のためにわざわざ創られたものなのでは、という会話をした覚えがある。

それでは、今回校外学習が無くなってしまった理由は……。

裕太は、もう一度黒髪のアカネを見た。

彼女は不思議と目を逸らすことなく、いつまでも裕太の方を見ていた。


何とか午後の授業だけ出席できた裕太は、放課後に内海、六花の三人で下校。

いつものように、ジャンクショップ『絢』に向かう。

店内の喫茶スペースには、新世紀中学生の四人が揃っていた。

エプロンをつけたキャリバーがカウンターの中に立っていて、裕太たちは唖然とする。

「ど、どうした、裕太」

申し訳ないが、それはこちらの台詞だった。

マックスやヴィットがたまにしているように、今日は珍しくキャリバーが店番をしているのだろう。

しかしそのあまりのマッチしなさ加減に、裕太たちは入り口でしばらく立ち尽くしていた。

ヴィットは接客が大分ぞんざいなところがあるらしいが、キャリバーはそれとはまた別格だ。

猫背、ハンドポケット、無愛想と、およそ接客態度という概念は切り捨てご御免。

内に秘めた誠意のみを以てして挑む、ストロングスタイルの店員だった。

「あ、じゃ俺コーヒーホットでよろーっす」

面白がって早速オーダーを入れる内海。

「う、うむ」

生真面目に答えると、キャリバーは収納棚から珈琲豆の袋を取り出す。そして何を思ったか、スナック菓子を食べる時のように手の平へザラザラと豆を流し落とし始めた。

「ああああ、私やりますから！」

慌ててカウンターの中へと駆け込む六花。

「何か、すんません……」

秒で反省した内海は、身を縮めながらジャンクの前のＰＣチェアに腰を下ろす。

裕太もふらふらしながら、吸い込まれるようにしてソファーに身を沈めた。

それを見た内海は不安そうに声をかける。

「おいおいマジで大丈夫か、こんな時に怪獣が出たら大変だぞ」

「怪獣のことより、響くんの心配したら？」

「もちろん、裕太の心配もしてるって」

六花に窘められ、しっかりと反論する内海。

「マスクなどして……風邪か、裕太」

「ええと、ちょっと調子が悪いかなって……」

年中マスクをしているマックスにマスクを気遣われ、裕太は素直に体調不良を説明する。

内海ほどのレスポンス速度と精度でツッコミをするのは、自分には難しい。

「そうか。先日の戦いでグリッドマンがパワーダウンしたのは、裕太の体調不良に起因していたのかもしれないな」

しばらく裕太の様子を窺っていたマックスは、合点がいったかのようにそう口にした。

「俺もそう思います……。すみません」

〈謝る必要はない。それだけ裕太に負担をかけているということでもある〉

画面に映っているグリッドマンは、いつもの赤い姿だ。

自分と合体しなければ不調は伝播しないのか、裕太にはまだ判断がつかない。

「まあ確かに、やり直しになる前から合わせればかなりのペースで怪獣と戦ってることになるからな。無理すんなよ、裕太」

内海に気遣われ、裕太は力無く頷いた。

しかし覚えている限りでは、自分の体調がグリッドマンに影響したことはなかったはずだ。

試験前の追い込みでかなり寝不足の時があったが、問題はなかった。

山道を全力疾走して疲れ果てた後にアクセスフラッシュしたこともあったが、それでも戦闘に支障をきたすことはなかった。

「グリッドマンになれんのが、裕太だけってのがなー……」

内海は何か思いついたのか、椅子ごとジャンクに近づいた。

「なあグリッドマン。裕太が調子悪い間だけでも、俺が代わってやるわけにはいかないのかな」

そして直訴するような眼差しで、グリッドマンに提案する。

「何それ、内海くんがグリッドマンと合体するってこと?」

六花は注文のホットコーヒーを内海へと運ぶと、呆れ気味に尋ねた。

〈それは無理だ……私と裕太は一心同体だ〉

グリッドマンは、申し訳なさそうにそれを断る。

「どーせおめーのことだから、一回アクセスフラッシュしてみたいだけだろ」

「それは否定しないけど……俺だって裕太の負担を軽くしてやりたいって思ってるんすよ」

ボラーが見透かしたように指摘するが、内海は真面目な面持ちで言い返す。

「俺たちせっかくのグリッドマン同盟なのに、苦労の配分が違いすぎる気がするし。裕太が弱ってる時ぐらい、俺が力になりたい」

それを聞き、マックスたちは黙りこくる。

水を打ったような静けさに包まれる店内。

その雰囲気を破ったのも、内海の舞い上がった口調の提案だった。

「そうだ！　俺をボラーさんに乗せてもらうこと、できないっすか」

「あぁ!?　どうやってだよ」

「変身した時のメカ。コックピット、ついてるじゃないっすか！　ボラーさんもマックスさんもヴィットさんもみんな」

「お、俺に操縦席はないが」

きょとんとした表情で首を傾げるキャリバー。

「キャリバーさんは剣だからね！　そりゃね!!」

間髪容れずにツッコむ内海。

珈琲も自分で淹れられない以上、キャリバーは看板娘よろしく、エプロンを着けてカウンター内に立っているだけだ。

「くだらねえ。誰かを乗っけるようにはできてねーんだよ、俺らは」

カウンターに頬杖をつき、大仰な溜息をつくボラー。

「じゃー何でコックピットついてるんですかー、理由をちゃんと教えてくださいー。誰かに操縦してもらうためじゃないんですかー」

さすがに内海もムキになって言い返してしまう。

「馬っ鹿おめー、コックピットついてる理由なんてそりゃー……」

言葉の通り、馬鹿にしたような半笑いで腕組みをするボラーだったが、

「………何でだ？」

長考の後、首を傾げた。

「えええええ自分でも知らないんすか!?」

「うっせーな気分だ気分。だいたい、そのコックピットにお前が乗って何するんだよ」

「そりゃ操縦っすよ、俺の操縦テクで怪獣の攻撃を華麗によけたり」

内海は手に載せた戦闘機のおもちゃを飛ばすような仕草を交えて熱弁する。ボラーは普通に戦っていれば空を飛ぶことはないので、そのシミュレーションはいささか不適格だが。

「自分でよけれんだけど」

「ミサイル発射スイッチ押したり」

「自分で発射できんだけど」

劣勢の内海は、テンションで乗り切ろうと語調を加熱させる。

「それでもこういうのって、操縦者の魂とか心とかで補正かかって強くなるもんですって！」

「むしろおめーに操縦されたら弱くなりそうなんだけどなあ、俺」

そう言われてしまえば、二の句を継げない。

内海はさりげなく六花に助力を求める。

「六花は、ヴィットさんに乗るってことで」

「や、私飛行機の操縦なんて無理だから……」

ないない、と手を振る六花。

自分があの青い飛行機に乗るなど、想像もつかないのだろう。

「……待て。そうすると、私には誰が乗ることになる？」

マックスが内海に鋭い視線をぶつける。

その声音はどこか、拗ねているように聞こえた。

「あっ……。じゃ、じゃあ俺がローテしますよ。バスターボラーに乗るのと交互で……」

すかさずフォローする内海だったが、言い終える前にボラーが足を振り上げていた。

「ドサクサで俺のこと呼び捨てにしてんじゃねー、ぞっ！」

「痛ったバスターボラーさんって呼ぶのおかしいでしょ!?」

脛にトーキックを受け、悶絶しながら突っ込み返す内海。

「俺はいらねーから、ずっとマックスに乗ってなー。それで解決だろ」

にやけ顔でマックスに目線を投げるボラー。肩の荷が下りたと言わんばかりだ。

「俺に乗るのも、やめといた方がいいかも。飛んでる時、すごいGかかるはずだし」

やんわり補足するヴィット。

「だなー。内臓潰れんじゃねーの」

柔らかくない補足を重ねるボラー。

〈内海……怪獣との戦闘は、君が思っているよりもずっと過酷なものだ〉

新世紀中学生と内海のやり取りを見守っていたグリッドマンだが、話題が一段落したタイミングで重い口を開いた。

〈私と裕太は融合した状態だからともかく、マックスたちに乗るのは危険極まりない〉

「ヴィットの言うGもそうだが……怪獣に体当たりされた時などの衝撃を、乗っている君たちがまともに受けることになるからな」

マックスにもわかりやすく憂虞を説明され、そうなると内海も折れるほかなかった。

「さすがにそこは謎システムで護られたりはしないかー……」

「内海の気持ちはありがたいけど、俺は大丈夫だからさ」

強がる裕太に、内海は真剣な声で釘を刺した。

「いやそんだけへろへろで大丈夫はないだろ……マジで無理すんなよ、裕太」

「ホントにね」

六花は裕太の前までやって来て、ソファーにもたれる彼の視線に合わせて屈み込んだ。

そして裕太の顔を、じっと見つめる。

「顔、結構赤いし。本当は熱、あるんじゃない？」

六花の眼差しを受け止めきれず目を泳がせながら、裕太は努めて動揺を隠す。

「や、やっぱそうかな。身体がだるくて……あ、そういえばこのマスク、救急箱がなかなか見つからなくてさ……」

隠そうとはしているが、隠せてはいない。

そうしてますます顔が赤くなり、六花に心配されてしまうのだった。

「…………」

マックスは、六花に気遣われる裕太をじっと見ていた。

ボラーとキャリバーとヴィットは、そんなマックスをじっと見ていた。

内海は横目でグリッドマンを見ながら、やるせなさそうに俯いていた。普段の言動のせいか、普通に心配していても、どうしても自分がはしゃぎたいだけだと誤解されてしまう。

無理だと言われても、ではどうすればいいのだろうか。

裕太が、本当に戦えなくなってしまった、その時は。

■

六花は夕食を終えると、憂鬱な表情で脱衣所へと向かった。

今、自分たちのクラスにいる新条アカネは、見た目が同じなだけの別人ではないか――。

裕太や内海たちがそう推測するのを聞いてから、ずっと悩んでいたのだ。

もしそれが事実なら、本当のアカネは今、どこにいるのだろうか……と。

服を脱ぎ終わり、浴室に入る。

肩口から熱めのシャワーを浴びていると、また考え込んでしまう。

先日、やっと普通に話をすることができた黒髪のアカネ。彼女は本当に別人なのか。

仮にそうだとするなら、これからどう接していけばいいのだろう。

「普通にすればいいか……」

そんな当たり前の結論を出すにも、たっぷりと時間がかかっていたらしい。

気がつけば、出しっぱなしのシャワーで浴室は濃い湯気に覆われていた。

湯気で曇った視界の先に、鏡に映った自分がうっすらと見える。

それは、街を包む霧の向こうに見える怪獣を思わせた。

嫌な連想を振り切るように、手の平で鏡の曇りを拭き取る六花。

しかし露わになったのは、自分の姿ではなかった。

黒髪の少女の白磁の裸身が、幻影めいて鏡に揺れる。

虚ろな双眸が何かを訴えるようにこちらを見ている。

「アカネ――!?」

声に出して呼びかけた瞬間。

瞬きの間断で白昼夢は消え、鏡には困惑顔の自分が映し出されていた。

「……何見ちゃってるかな、私」

相当疲れているようだ。

この調子では、自分も裕太のように体調を崩してしまうかもしれない……。


明くる日の放課後、六花はなみことはっすに半ば強引に誘われて遊びに行った。

気疲れしているのを、友人たちに見抜かれたらしい。

特に目的もなくぶらついた後、適当な喫茶店に入って休憩する。

なみことはっす、向かいに六花の席順で四人テーブルに座り、他愛のない雑談に興じた。

「最近寝起きつらくてさー。てか寝付きが悪いからだな」

なみこは大きく伸びをし、だるそうに仰け反る。

「ママも寝付き悪いから、サプリ飲んでるって言ってたなー。何だっけ……、グ、グリ……グリ――」

そこまで思い出したところで、六花の脳裏にはグリッドマンの姿が思い浮かぶ。六花は我知らずこめかみを指で押さえる。これも一種の職業病だろうか。

結局そのサプリ名を思い出せず、諦めてしまった。

「寝付き悪いのは身体動かさないからだろー、文化部」

「帰宅部が何か言ってます」

はっすとなみこの応酬に、六花は笑みを浮かべる。

「そういや、六花さんや。最近うちらとつるんでて、途中抜けすること多くなったじゃん。

……あれですかな？」

「どうなん？　響裕太」

ぼかして詰問するなみこに、はっすが直球でかぶせてくる。

「だからそれやめてってば……違うから。店が忙しくて、その手伝い」

自分でも苦しい言い訳だと思ったが、なみことはっすはそれ以上追及はしてこなかった。

「ふーん。六花さ、高校卒業したらお店継ぐの？」

代わりにはっすが別の質問をしてくる。

「いや、普通に進学するし……てかこの時期から進路のこと考えるとか、なくない？」

「うん、ないな」

自分に言い聞かせるように頷くはっす。

ツツジ台高校は進学校だが、それでも一年生の二学期で明確な進路のビジョンを描いている生徒などは稀だろう。

「えー、うちめっちゃ考えてるよ」

「マジで？　意外……で、何？」

なみこの発言に、六花(りっか)が食いつく。

「茶道の先生」

「こいつめっちゃテキトー抜かしよる」

が、その答えにははっすもマスクの奥で溜息をこぼした。

「いやいやマジで。けっこーガチで」

「来週には言ったことも忘れてるやつですわ、これ」

はっすの侮りに満ちた反応に、なみこも負けじとヒートアップしていく。

「その証拠に！　もうすぐ、茶道の免許取れそうなんだよね～」

「えっ……すごいじゃん！　そんな頑張ってたんだ」

六花は目を輝かせる。

一方はっすは、肩から垂らした髪の房を指でいじりながら、冷めた目で種明かしをした。

「免許って聞くとすごそうだけど、ピンキリあんだぜ。初級とかなら茶道部やってりゃ普通に取れてしまうんだな」

「ばらすなし！　六花、いいリアクションしてたのに！」

純粋に感心して損した、とげんなりする六花。

そうなると、はっすにも将来の目標を聞くのが自然な流れだ。

「はっすは？　本格的に動画配信やってくの？」

今や、小学生の将来なりたい職業の上位に食い込む動画配信者だ。真剣に進路として考えていても、何の不思議もない。

「ないない絶対ない。仕事にするとか一〇〇パー無理」

はっすは普段から六花たちに収益率がどうの、企業案件がどうのと話していたので、それなりに儲けを考えて活動しているのだと思っていた。

真面目に活動しているのだろうが、それでもちゃんと現実を見据えているようだ。

「そだ。なみこさ、今度着物着てうちの動画に出てみん？　外国の人にめっちゃウケそう」

そんな調子でなみこを勧誘するはっす。

とりあえず、今楽しんで活動することが第一なのだろう。

「無理ー。それこそアカネぐらい神様に愛された容姿なら、そういうオファーも気軽にＯＫできるかもしれんけどさー」

自嘲気味に吐き捨てるなみこ。

アカネと、神。そのニアミスは、六花の胸に仄かな苦みを滲ませる。

「ねえ。アカネ……さ。最近何か、変じゃない？」

六花はグラスの中の氷をストローで玩びながら、躊躇いがちに二人へと質問をした。

「何がー？」

「いつも通りじゃね？　まあ確かに、ぽやーっとしてる時あるけど」

なみこやはっすは、雰囲気が変わったアカネを見ても何も思わないようだ。

記憶が戻った六花（りっか）たちと違い、クラスメイトたちは皆、初めからあの黒髪のアカネだったのだと認識している。

街のリセットと同じ原理だと、裕太（ゆうた）はアカネから聞いたらしいが――六花にもその意味が体感できたように思えた。

「そうそういやさー。最近クラスの男子といい感じになったのがさー、いるらしいねー」

「おー、そやつも女友達とつき合い悪くなったともっぱらの噂ですよ」

わざとらしい前置きの後、なみことはっすは同時に六花へと向き直った。

「「――響（ひびき）（くん）とどうなん」」

「ないから!!」

ハモる親友二人の天井を、きっぱりと打ち返す。

他愛のない世間話。

変わり映えしなくて、退屈で、だからこそかけがえのない日常。

それを守るために、裕太はグリッドマンとして戦っている。

そして今、その無理が祟(たた)ってきているのかもしれない。

自分には、何ができるだろうか。


なみことはっすと別れ、帰宅して程なく——

『グリシンだった』

寝付きをよくするサプリメントの名前をようやく思い出し、六花は彼女らにスマホでメッセージを送るのだった。

■

もうすぐ、台高祭の準備が始まる。

台高祭直後の片付け日。記憶に残る最後の一日が、巻き戻りの起点だとすれば、いよいよ裕太たちは同じ時間を一巡しようとしていることになる。

無事に台高祭を終えれば、まだ体験していない時間へと時計の針は進むのか。

それともそこまでに問題を解決できなければ、またもや時間は戻ってしまうのか……。

その少女と出会ったのは、今のように漠然と悩むままに歩いていた時だっただろうか。

「ねえ」

俯きながら歩いていた裕太は、ふと聞こえた幼い声に反応し、顔を上げる。

「君は……！」

小さな小さな女の子が、天真爛漫な笑顔を浮かべて立っていた。

「また会った。ひひ」

薄汚れ、くたびれたオリーブ色のコートを羽織り、フードを頭にすっぽりとかぶっている。背中には畳んだテントを巻き付けたリュック。指抜きの軍手をつけ、裸足にサンダル。ト音記号のロゴをあしらったシャツが唯一の洒落っ気だが、全体的に清潔感に乏しく、ストレートに言うならくさい少女だった。

けれどそれは、鮮烈なまでに「生命」を感じさせる臭いだった。

彼女は、自分を怪獣だと名乗る、いわゆる怪獣少女。裕太はその名を知らないが、2代目アノシラスと呼ぶべきだろうか。

裕太はこの少女の導きで新条アカネの本質を知り、世界の真実を識った。様々なことを教えられ、別れてからは、一度も会うことはなかったのだが……そういえば、この少女と初めて会ったのは、台高祭準備の始まる少し前。

ちょうど、今ぐらいの時分だった。

「……デートする？」

今回は強引に連れ出すのではなく、遠慮がちにそう尋ねてくる怪獣少女。

勝手な話だが、裕太にはそれが少し寂しく感じられた。

だからだろうか、今度は裕太の方から少女の手を握り、歩き出した。あの時とは逆に。

「喉渇いた？」

そう言うが早いか、小銭を手にする怪獣少女。

今回も早速、裕太を餌付けしようとしている。

「待って、今度は俺がおごるから！」

「いいからいいから。私、お金たくさん持ってる」

「それでも」

怪獣少女の厚意を丁重に返すと、裕太は手近な自販機へと向かった。

「お世話になったから、恩返しする……君はそう言ったでしょ。今度は俺がおごるの」

そう言いながら買ってきたオレンジジュースのペットボトルを手渡すと、

「……。ひ、いひひひひひ!!」

怪獣少女は嬉しそうに笑った。

公園のベンチに並んで座り、裕太は怪獣少女にこれまでのことを打ち明けた。

また会った、と言っている以上当然のことなのだが、この娘も自分たちと同じように元の世界での記憶を失っていなかったことに、複雑な気持ちになる。

「やっぱり君は、世界が変わっても影響を受けないんだね」

アンチも同様に、初めから記憶を有していた。

この少女も初めから世界の真実を知り、リセットの影響を受けずにいた。そこは、裕太と同じなのだ。

「変わってないよ」

裕太の呟きからかなり間を置いて、怪獣少女はそう言った。

「この世界は何も変わってない。ただ、可能性がいっこ増えただけなんだ」

裕太があげたオレンジジュースのペットボトルを手で撫でながら、どこか寂しそうに呟く。

「これは、可能性の話なの。私は君と今日話したかもしれないし、話してないかもしれない。そうやって世界は枝分かれして、別の道を歩いていくんだよ」

「ごめん、よくわかんない……」

彼女は、いつもそうだ。

寥々と真実を語り聞かせ、人恋しさをひた隠すように笑うのだ。

そうして自分は、それをただ聞いていることしかできない。

「だからここは偽物でも本物でもない。同じ世界。同じように過ごせば、同じになる」

「あんまり悩むな、ってこと……？」

裕太をじいっと見つめた後、怪獣少女は無邪気に頷いた。

それからどれくらい、二人で話していただろう。

難しい秘密を語り聞かされた気がするし、それを理解しきれずに頭からこぼれていった気もする。

あるいは、他愛の無い世間話をしていたかもしれない。


陽が落ち始めた頃、裕太の前に影が落ちた。

サムライ・キャリバーが仏頂面で目の前に立っていて、裕太はぎくりとする。

アンチに襲われた時のみならず、これまで幾度も自分たちの危機を救ってくれたキャリバー。

学校にやって来て不審者扱いされ、追い返されるほど熱心に自分たちを警護してくれている。

そんな彼が、話に聞いた怪獣少女を目の当たりにして、今なにを思っているのか。

想像に難くないことだった。

「キャリバーさん！　この子は敵じゃないから!!」

裕太は咄嗟に立ち上がり、キャリバーから彼女を庇うように前に出た。

「わ、わかっている。た、たまたま見えたから、もっと近くまで見に来た」

キャリバーは初めから、この少女を敵視していなかったようだ。

立ち上がったままの裕太の肩越しに、キャリバーと怪獣少女の瞳が邂逅を果たす。

「…………」

キャリバーは無言のままに怪獣少女を見つめ続ける。スーツパンツのポケットに無造作に手を突っ込み、猫背で無遠慮に見下ろしながら。

怪獣少女は腿の上にちょこんと手を載せ、薄く笑いながら視線を受け止めている。

裕太は何故か、二人に声をかけることが憚られた。

「ひひひひひひひ……!!」

唐突に、怪獣少女は声を上げて笑い出す。

満面の笑みで身体を揺らし、全身で喜びを表現しているようだった。

「行くぞ。裕太」

目許に愁いを湛え、キャリバーは囁き声のようなか細さで裕太に呼びかけた。

「うん」

裕太はキャリバーに短く頷いた後、怪獣少女に向き直る。

「今日もありがとう……それじゃあ、また」

そして微笑みに親愛を込め、手を振って公園を後にする。

再会への期待とは関係なく。今回は、彼女にきちんとそう言っておきたかった。

■

ビルの屋上で、黒髪を儚(はかな)げに揺らす少女の姿があった。

黒の新条(しんじょう)アカネ。学校ではかけている眼鏡を外し、忌々(いまいま)しげに眼下の街を睥睨(へいげい)している。

「……本当に、私の望む怪獣を創ってくれるの」

振り向きもせず、暗い声で語りかける。

彼女の背後に、影のように立つ存在へと。

〈ということは、決心はついたようだね。もちろんいいとも、怪獣のリクエストに応えるのは初めてじゃないからね〉

アレクシスはアカネとは対称的に明るい声で語りかける。

〈おっと失礼、君はアカネくんだった〉

わざとらしい当てつけに反応することもなく、アカネは淡々と言葉を紡いだ。

「……アレクシス……お願い」

黒いアカネが手の平に載せているのは、丸い種の形をした模型。

それも、二つ。

〈今度のはちゃんと中身があるようだね。結構、種は花を咲かせてこそ価値がある〉

アレクシスは皮肉めいた言い回しとともにその模型を嘱目(しょくもく)すると、紅いバイザーを妖しく光らせた。

〈インスタンス——アブリアクション!!〉

内海（うつみ）は法事を終えて時間を持て余し、書店に立ち寄った。

何も考えることなく来てしまったが、ここは新条アカネと怪獣について語り合った思い出の場所だ。

よくも悪くも、鮮烈に記憶に残っている。

すでに過ぎ去った時間をやり直しているとわかっているのに、無意識に同じような行動を取ってしまうのは、そういう法則のようなものが世界には存在しているのだろうか。

しかし、決定的に違うこともある。

この店に、アカネがやって来ることはない。

「こっちの新条アカネは、怪獣に興味無さそうだもんな……」

自嘲（じちょう）しながら読んでいた特撮雑誌を閉じ、棚に戻す。

「わかりあえる……わけねーよな、新条とは」

書店だけではなく、その帰りには喫茶店（スターボウズ）に二人で立ち寄り、話に花を咲かせた。

同じ趣味の仲間を見つけた高揚感と、それが高嶺の花の美少女だったというときめき。

舞い上がるなという方が無理な話だ。

しかし、今考えればその有頂天ぶりが、彼女の本質に気づくことの妨げとなった。

同じ卓に座っていながら、新条アカネはあまりにも遠い存在だった。

星と星ほどの距離がそこにはあったのだ。

暗い気持ちを吹っ切ろうと頭を振ると、それ以上の揺れが全身を襲った。

埃が天井から落ち、眼鏡のレンズにかかる。

「怪獣か……！」

内海は急いで店を出て、ジャンクのもとへと走っていった。

■

怪獣少女と別れた後。キャリバーと一緒に『絢』の近くまで歩いてきていた裕太だったが、突然鳴り響いたGコールが、二人を走り出させた。

裕太はキャリバーと店に入るや否や、ジャンクの前へと駆け寄り、グリッドマンに呼びかける。

「グリッドマン！」

〈今回は、二体同時に出現したようだ……！〉

そしてグリッドマンが感知したその数は、二体。

裕太が振り返ると、すでに準備万端のマックス、ボラー、ヴィットが立っていた。

「初めから二体なら、またさらに増える可能性もあるな。出力を絞って全員で行くぞ!!」

マックスがそう提案すると、キャリバーも頷きつつ横に並ぶ。

グリッドマンと四人の新世紀中学生は、同時に出動した。

巨大化し、街に姿を現すグリッドマン。

〈よかった……今回は普通のグリッドマンだ!〉

鮮やかな真紅の全身を確かめ、裕太は安堵の溜息をこぼす。

ちょうどその頃、内海や六花も息を切らしながら店に到着した。


二体の怪獣はどちらも、以前戦った植物怪獣。種のように丸い見た目をした異形だった。

〈同一の姿をした怪獣が、二体だと……〉

訝しむグリッドマン。

〈けど、種の色が違う〉

裕太の指摘通り、一体は朽ちる寸前のような赤錆色。

もう一体は、腐り果てたと見紛うような青錆色。

いずれにしても、強さとはほど遠い見た目だ。

〈むっ!〉

警戒し構えるグリッドマンの前で、二体の種は不気味に蠢動を始めた。

外殻を突き破り、五枚の花弁が開花したその姿は……まるで直立するヒトデ。

花弁の中心部分からは食虫植物のように大きく割れた頭が突き出ており、ぎょろりと丸い目を剥く。

太く短い脚が力強く大地を踏みしめ、星状の五枚の花弁それぞれの先端に、鋭い鉤爪（かぎ）が備わっている。

もはや種ではなく、完全変態（メタモルフォーゼ）を遂げた正真正銘の怪獣だ。

実に不気味な見た目だった。

五芒星（ペンタグラム）は頭部と四肢を象（かたど）る人を模した図形とも言われるが、何より一筆で永遠に描き続けられることから、終わりのない完全性の象徴ともされている。

この怪獣はまさに、戻っては進む時間の具現。ガイヤロス。

種の時と同じ赤錆色と青錆色、異色同型の二体の怪獣が砕き割った種の外殻が、粒子状に宙を舞う。やがてドス黒い霧となって、グリッドマンの周囲を取り巻いた。

同時出動した仲間たちにも注意を促そうと振り返るグリッドマン。

〈……キャリバー？　マックス……？〉

しかし、周囲を見渡しても、キャリバーたちの姿はどこにも無かった。

〈ボラー、ヴィット！〉

〈マックスさんたちが、消えた……？〉

〈むう……仕方ない。私たちだけで戦うぞ、裕太！〉

グリッドマンはそのまま戦闘継続を決意した。

マックスたちの安否が知れない以上、迂闊に出力サイズの再調整は行えない。

幸いこの怪獣も、普段の怪獣に比べて小柄な方だ。身長を絞っている今のグリッドマンでも、体格差で圧倒されることはないはずだ。

すぐ近くにいたはずの、赤錆色の怪獣を捜すグリッドマン。

程なく前方から、短い足を持ち上げてゆっくりと接近してくる怪獣の姿が。

二体のガイヤロスの一体目、ガイヤロスαとでもいうべきか――目の前の怪獣へ目標を定め、拳を構えるグリッドマン。

ところが変態を終えたはずの怪獣が、早くもさらなる変化を始めたではないか。

自分自身を粘土細工のように身体を蠢かせ、徐々に人型に近い形へ。人型からさらに、メカニカルなパーツを全身に形成していく。

その全貌が明らかになった時、グリッドマンは驚嘆した。

〈何……パワードゼノンの姿に!?〉

本来紺碧色であるはずの目は、グリッドマンが捜していた怪獣同様に邪悪な赤錆色へと染まっている。

逆にそれ以外は、本物のパワードゼノンとまるで区別がつかないほど瓜二つだ。

〈この怪獣もコピー能力を……！　しかも、姿形まで全く同じにできるのか！〉

グリッドマンの合体後の戦力を模倣し、自らの身体の一部を変化させて対応していた怪獣アンチとは、コピーの方向性が全く違う。グリッドマンが驚いているのはそこだった。

戸惑うグリッドマンを余所(よそ)に、怪獣パワードゼノンは無慈悲に歩を進めてきた。

一方、キャリバーたちもグリッドマンと同じ事態に見舞われていた。

街へと出現してすぐに、グリッドマンの姿を見失ってしまったのだ。

地上のバスターボラーとバトルトラクトマックス、上空のグリッドマンキャリバーとスカイヴィッターとで四角形(スクエアー)のフォーメーションを敷いていたおかげか、四体は離散することがなかった。しかし怪獣の発した黒い霧に包まれた途端、グリッドマンの声はおろか、身動(みじろ)ぐ音さえ一切聞こえなくなってしまった。

おそらく街に立ち込めているこの黒い霧は、視覚以外の情報をもジャミングする特性を備えているのだろう。

〈はあっ！〉

グリッドマンキャリバーが猛回転。風圧を発生させ、立ち込めている黒い霧を僅かに霧散させる。

青錆色の怪獣——ガイヤロスσ(シグマ)が、目の前に立っていた。

そこでキャリバーたちが目にしたのは、グリッドマンと瓜二つに変化していく怪獣の姿だった。

本物との違いといえば、目と、胸の宝玉が青錆色に染まっていることぐらいだ。

〈ちいぃっ！　んだこいつ、連敗キッズの友達かぁ!?　パクリ怪獣二号だ!!〉

思わず舌打ちをするボラー。

〈ほ、本物のグリッドマンはどこへ行った……？〉

〈我々の力はグリッドマンあってのもの。こうして今、戦えていること自体が、グリッドマンが健在である証拠だ〉

訝しむキャリバーへ、マックスはグリッドマンへの信頼を寄せる。

〈ひとまず俺らだけでやりますか〉

ヴィットの一声で、新世紀中学生の四人は出動時の陣形から合体を開始した。

バスターボラーをメインボディに、両腕にスカイヴィッター。両脚にバトルトラクトマックスがドッキングする。

鉞型の鍔・アックスブレードが剣の上部へと移動し展開。

変形完了した巨大な戦斧・パワードアックスを握り締め、新世紀中学生四人の声が戦いの神の降臨を告げる。

〈〈〈〈合体戦神！　パワードゼノン!!〉〉〉〉

四人の新世紀中学生の力を結集した戦神。

パワードゼノンは、グリッドマンの姿をした怪獣へと相対する。

早速向かってきたグリッドマンの繰り出すパンチを、巨大な腕でガード。反撃に蹴りを放つが、大仰な宙返りでやすやすと回避された。

〈さすがにやりづらいね、見た目まんまグリッドマンだと……〉

ヴィットがぼやく。見た目に惑わされていては、一気呵成に攻め込まれるだろう。

それほどまでにこの怪獣グリッドマンの動きは鋭く、本物に勝るとも劣らない。

何度かパンチとキックを応酬させる間に、キャリバーは気づいたことがあった。

〈た、戦い方に意思を感じる……。こいつも普通の怪獣ではないな〉

〈んじゃ、マジであの連敗キッズと同類ってわけか？〉

因縁のある怪獣の姿を思い浮かべるボラー。それを聞いたヴィットは、軽い口調で不利を嘆いた。

〈俺らのパワードゼノン……グリッドマンほど格闘が得意じゃないからなあ〉

〈問題ない……パワーで押し切るっ!!〉

マックスが奮起の雄叫びを上げ、パワードゼノンは突進する。

両者は相手を本物と知らぬまま、戦いの口火を切ってしまった。

■

「グリッドマンとキャリバーさんたちが、喧嘩してる!?」

「喧嘩なんて生易しいもんじゃないでしょ……」

六花、そして内海が画面内の衝撃の光景に瞠目する。

アシストウェポン全機の単独合体——パワードゼノンの降臨を目の当たりにし、内海が目を輝かせたのも束の間。

なんとグリッドマンとパワードゼノンが、戦いを始めてしまったのだ。

それも、アクシデントによる小競り合いなどではない。

殴り合いの衝撃波がモニター越しに自分たちにまで叩きつけられてくるかのような、本気の戦い。まさに、骨肉の死闘を繰り広げている。

「ねえあれっ、どうなってんの!?」

「俺もわかんないって！」

六花も内海も混乱しており、いつの間にか怪獣が一体とも消えたことにまだ気づいていない。

「おいグリッドマン、何やってんだよっ!?　それ味方ァー!!」

内海は泡を食って呼びかけるが、画面の向こうのグリッドマンからは何の応答もない。裕太からもだ。

「まさかでしょ……これって！　操られてるのか、怪獣に!?」

「え。怪獣に騙されてるの？　グリッドマンも、みんなも」

「いや、騙されてるっていうかねっ……」

初めは六花の言葉をずれたものだと思った内海だが、引っかかるところがあって説明を途中で止めた。

むしろ、よく考えればそちらの方がしっくりくる表現なのだ。

洗脳などで強制的に操作されていれば、どうしても動きがぎこちなくなるはず。

もしくはどちらか一方が洗脳されているとしても、もう一方は撃破を前提とした動きではなく、制圧を試みる立ち回りに変わるだろう。

グリッドマンもパワードゼノンも、目の前の相手が倒すべき怪獣としか見えていないようなあの戦い振りは、明らかに何かがおかしい。

「怪獣はいた……確かにいたんだ。それほっぽってあんなことしてるってことは……」

そこで内海はようやく、二人が真に戦うべき怪獣たちの姿が見えないことに気づいた。

「グリッドマンもキャリバーさんたちも、自分の相手を怪獣だと思ってんのかよ!?」

気づいたはいいが、相変わらず自分たちの声はグリッドマンたちに届いている様子がない。

戦いを止めるよう伝える手段がないのだ。

頭を抱える内海は、いつしか六花がモニターを凝視したまま震えていることに気づいた。

「……六花？　どうした？」

「いた」

「えっ？」

「アカネが、いた――」

戦場の只中にあるビルの屋上に、黒髪の新条アカネが立っている。

それは六花にとって、グリッドマンとパワードゼノンの争いをも上回る衝撃だった。

■

〈はあっ！〉

グリッドマンが放った右拳を、パワードゼノンが左手で握り掴む。

逆にパワードゼノンが振るった右拳は、グリッドマンが左手で受け止めた。

そうして組み合った体勢のまま、力を込めていく。

〈くっ……っ!!〉

パワードゼノンの両腕のパーツを司るヴィットが、苦しげに歯噛みする。

グリッドマンの踵（かかと）が、アスファルトを抉（えぐ）る。

パワードゼノンの足が、地面に沈む。

両者は一歩も譲らずに押し合いを続けたが、ヴィットが先ほど危惧したとおり、グリッドマンの格闘能力がこの拮抗（きっこう）を打ち崩した。

〈でやあああああああああっ!!〉

組み合ったまま力の方向を急に変えられたパワードゼノンは、グリッドマンの頭上を飛び越すように持ち上げられ、背後の地面に叩きつけられた。自身の剛力を利用された形だ。

〈ってぇ〜！　にゃろ〜〉

思わず呻（うめ）くボラー。

パワードゼノンは緩慢な動作で立ち上がると、

〈〈〈〈パワードアックス！〉〉〉〉

自慢の巨大戦斧を構え、躊躇（ちゅうちょ）無くグリッドマンの頭上に振り下ろす。

〈ぬうううっ!!〉

迫撃するパワードアックスを、間一髪の見切りで白刃取りする。

白銀のマスクに覆われ、普段は表情を窺（うかが）うことのできないグリッドマン。しかし今は、苦悶で歯を食いしばっているかのように見えた。

〈たあっ!!〉

挟んだ刃ごと引き倒してパワードゼノンのバランスを崩し、すかさずキックを繰り出すグリッドマン。

体勢を立て直したパワードゼノンは、負けじとパワードアックスを振り回す。

〈グリッドライトセイバー！〉

今度はグリッドマンも左腕に光の刃を形成し、これを迎撃する。

二体の刃が交錯し、激しく火花を散らす。

〈ぐわあっ！〉

パワードゼノンの巨拳で顔を打たれ、火花を散らして後退するグリッドマン。

二体は内海(うつみ)と六花(りっか)がどれほど悲痛な表情で自分たちを見ているか知らず、ましてや目の前の相手が心強い仲間であることにも気づかず、ひたすらに攻撃をぶつけ合う。


グリッドマンの頭部のシグナルが点滅する。

パワードゼノンの全身から断続的にスパークが噴き上がる。

互角の戦いを続けた双方のエネルギーは、瞬く間に底を尽こうとしていた。

グリッドマンは膝に手を着いて立ち上がると、未だ地に膝をつくパワードゼノン目掛けて残された力を振り絞る。

〈グリッドォ――――……！〉

両腕をX字に重ね、左腕で弧を描く。

最強必殺技の予備動作（ルーティーン）に入ったグリッドマンを、裕太（ゆうた）が慌てて制止する。

〈待って！　何かおかしい！〉

〈あの怪獣は強敵だ。パワードゼノンの能力を完璧に模倣している！　躊躇（ためら）っている余裕はないぞ、裕太!!〉

〈怪獣が化けた姿じゃない！　あれは、キャリバーさんたち本人だよ!!〉

〈馬鹿な……怪獣が変化するところを見たはずだ！〉

〈確証はないけど！　でも、気になることがあるんだ……!!〉

グリッドマンは、一心同体の相棒である裕太の説得に応じた。

〈……わかった。君の直感を信じよう!!〉

グリッドマンの双眸（そうぼう）が輝き、周囲を注意深く視線で走査していく。

やがて、はっとして空を振り仰いだ。

〈そうか、この黒い粒子が――!!〉

出鼻に怪獣が放った後、さして煙幕の役割も果たせず、いつまでも周囲に漂い続けている黒い粒子。

グリッドマンは、この黒素に何かがあると推察。

一か八か、パワードゼノンへと身体ごとぶつかっていった。

〈むうううううんっ！〉

グリッドマンはパワードゼノンに組み付いたまま、背中のブースターを全開。

端に停まっている車を薙ぎ倒しながら道路を滑り、ついにはパワードゼノンを抱えたまま高々と跳躍した。

限界まで跳躍し、滞空している黒い粒子を全て突き抜けた瞬間。

互いの認識は——正常なものへと還った。

グリッドマンが見るパワードゼノンの目は、雄々しき蒼色に。

パワードゼノンが見るグリッドマンの目や胸も、普段通りのカラーリングに戻った。

〈おお……パワードゼノン！　本物だったか!!〉

自分が戦っていた相手の姿を認めたグリッドマンは、感嘆とも驚愕とも取れる声を漏らす。

〈何ィ!?　本物のグリッドマンじゃねーか!?〉

そしてそれは、パワードゼノンも同様だった。真っ先に叫ぶボラー。

二体は黒い粒子が浮いている場所から離れたところへと落下。

並び立つ二つのビルの屋上へそれぞれ着地すると、改めて互いを確認し合う。

〈どうやら我々は、一杯食わされたようだな〉

〈か、肝心の怪獣が……いない〉

慚愧に声を怒らせるマックスと、その相手がすでに消えたことを察知するキャリバー。

グリッドマンが、先ほどまでパワードゼノンと戦っていた場所を見やると、役目を終えたかのように黒い粒子が消えていく。

静寂が戻った街で、二体の巨人は無力感を抱えたまま立ち尽くすのであった。

■

二体の怪獣が消えたため、帰還を余儀なくされたグリッドマンたちだったが、今回の戦闘は大きな課題を残した。

こちらと戦闘を一切行わず、健在のままに姿を消す怪獣は、初めてだ。

〈キャリバー、マックス、ボラー、ヴィット……みんなすまない。もっと早くに気づけていれば……〉

「いやーお互い様っしょ。俺たちもカンッペキ騙されてたからなー」

ボラーは照れ隠しなのか、いつも以上にふんぞり返った体勢でソファーにもたれている。

「大事に至る前に気づけたんだし、それでよしってすべきだろうね」

ヴィットは苦笑を浮かべながら、ほっと一息ついた。

〈裕太のおかげだ。決着を逸る私を、冷静に諭してくれた〉

「そ、そんな格好いいものじゃないよ。うまく言えないけど……俺だけじゃなく、みんなのおかげっていうか……」

裕太は照れながらそう言うと、内海や六花へと視線を送った。

厳めしい目許を優しくほころばせ、裕太とグリッドマンを見つめるマックス。

「幻覚を見せてこちらの同士討ちを誘発してくるとは……これまでとは明らかに違う戦略だ」

先ほどの戦闘を思い返し、その深刻さを皆と共有する。

〈幻覚怪獣……〉

グリッドマンが独り言のような小さな呟きで、そう呼称した。

「新条ってさ、ビームを対策したり、技をコピーさせたり……質量で圧倒しようとしたり。グリッドマンとの戦いのたびにプランを練ってたと思うんだよ。それってきっと、新条が自分の創った怪獣に自信を持ってるからだよな」

内海が、これまでの怪獣を思い出しながら持論を展開する。

グリッドマンとその仲間を潰し合わせても、自分の怪獣が勝ったことにはならない。少なくとも、今までのアカネならそう考えるだろうだと。

内海の意見には裕太たちも概ね納得し、頷きを繋げていった。

「種から変身するわ、幻覚を見せるわ……なんか今までと違ってコンセプトがゴチャゴチャしてるっていうか、とにかく色々突っ込んでみましたって感じで、すげー余裕が無いんだよ。別シリーズの怪獣が迷い込んできたー、みたいな違和感があるよな」

わかりづらく特撮作品での喩えで締められたが、キャリバーはその意味を噛み砕き、自分なりの結論を出した。

「あ、あれは新条アカネ以外の何者かが創った怪獣、ということか」

「アカネ以外にできるの？　そんなこと」

縋るような六花の問いかけを受け、裕太が思い出したのは、アカネとの会話だった。

『さっき聞いてたじゃん。「どうやって怪獣を創るのか」って……。彼がね、いつも頑張ってくれてるんだ～』

『いやいや、アカネくんがデザインしているものをただ起こしているにすぎないよ』

「アレクシス・ケリヴさえいれば……可能なんだと思う」

その会話とはやはり、あの中華料理店での衝撃的な邂逅。宇宙人と目した謎の存在が醸し出す、底知れなさだった。

もしあの宇宙人が、別の何者かにも力を貸したのだとしたら。

その何者かが、これまでにない異質な力を持った怪獣を創り出したのだとしたら。

それが、この時間の巻き戻り事件の始まりなのではないだろうか。

〈新条アカネ以外の何者かが怪獣を創り出し、そしてその怪獣は我々をあそこまで強力に欺く

幻覚能力を持っていた〉

「つまり。この幻めいた世界も、その怪獣の仕業とみるべきか」

グリッドマンの言葉を引き継ぎ、マックスがそう結論づける。

「決まりだな。今日逃がしちまったのが幻覚を見せる力を持った怪獣なら、それを倒せばこのおかしな世界も普通に戻んだろ」

ボラーが自信たっぷりに何度も頷く。ヴィットもその意見に賛成した。

「ま、試してみる価値はあるね。どの道その怪獣とは、また戦うことになるだろうし」

考えてみれば、当然のことではあった。

この世界は怪獣によって調整され、維持されている。

ならば、その調和が何らかの変調をきたした時。

その原因は——やはり怪獣なのだろう。

この不可思議なやり直し世界の終着が見えた。

裕太たちは決意を新たにし、来たるべき決戦に備えるのだった。

裕太は、街並を望みながらのんびりと下校していた。

怪獣との戦闘ではなくても……前回でいえばグリッドマンとパワードゼノンとの戦いでも幾許かの損害を街に与えてしまったが、それも翌日には元通りリセットされていた。

怪獣が壊したものだけが元通りになるという仕組みではないようだ。

一方で裕太の体調も、元通りとまではいかないがよくなってきている気がする。

色々悩みすぎているのが不調の原因だろうと思っているが……みんなでこの世界の妙な状況の真相に迫りつつあるおかげで、その苦悩が解消されてきたからかもしれない。

そんなことを考えているうちに、ジャンクショップ『絢』の前までやって来る。

今日は内海も六花も用事があるそうなので、おそらく店には新世紀中学生の面々だけがいることだろう。

「お邪魔しまーす……」

控え目な挨拶と共に入店する。

喫茶スペースのカウンターで、エプロンをつけたヴィットがスマホをいじっていた。他には誰もいないようだ。

裕太が近づくと、ジャンクのモニターが点灯。グリッドマンが映し出された。

だが、裕太に声をかけることもなく、目線を向けることもなく、ピクリとも動かない。

（寝てるのかな……）

裕太はそんな少しずれたことを考えながら、ソファーに腰を下ろした。

ヴィットがスマホの画面をタップするごく小さな音すら聞こえるほど、店内は静寂に包まれている。他にあるといえば、ジャンクの駆動音ぐらいか。

「ヴィットさん一人ですか？」

「ん、そうみたいだね」

目線こそスマホの画面に注がれたままだが――尋ねれば、無視はしない。きちんと応えてくれる。

けれども、無言の時間というものはことさらに長く感じるものだ。

「あっ……そ、そうだ、何か飲み物を注文……」

裕太はカウンター席に備えてあったメニューに手を伸ばす。

「気、遣わなくていいよ？」

ヴィットはそう言って苦笑した。

裕太は思わずしゅんとする。むしろ、こちらが気を遣わせた側だろう。

「……」

裕太の脳裏に、とある日のこの喫茶スペースでのやり取りが思い起こされる。

高い棚にある珈琲豆の袋を取れず難儀している六花の背後から手を伸ばし、軽々とその袋を取って見せた。そんなヴィットを見て頼もしさを感じるとともに、自分の情けなさを浮き彫りにされたように感じたものだ。

「あの……ヴィットさん」

「ん？」

「俺、ちゃんとやれてるかな……って思って」

「え、どしたの急に」

ヴィットはスマホをエプロンのポケットに仕舞うと、俯く裕太へと向き直った。

「ヴィットさんは、どう思いますか」

「不安なわけ？　裕太くんは」

裕太は力無く頷く。

「同じ戦いをもう一度繰り返してるせいか、つい色々考えちゃって。普通にいつも通り過ごしているだけで、事態が進展している気がしないし……」

「いや、十分でしょ。怪獣が現れて、それから街を守ってるんだから」

そういえば、裕太はヴィットとまともに会話をしたことが少ない。

ヴィットは普段から他の面々の会話に相づちを打つくらいで、積極的に話に入ってこないのだから当然といえば当然だが。

今こうして話してみると、面倒そうにあしらうでもなく、肩肘張って耳を傾けるでもなく、自然体で相談に乗ってくれている。そんな気がする。

「でも、俺のせいでグリッドマンが弱くなっちゃったり……みんなに迷惑かけてるから」

ヴィットは裕太の言いたいことを理解したのか、おどけるように肩を竦めた。

「それは考え過ぎかな。怪獣と戦わされて迷惑だ、って君の方が思うならともかく」

「いや、そんな……！」

苦笑するヴィットに、裕太の方が恐縮してしまう。

自分が迷惑をかけられているなど、考えもしなかったからだ。

「グリッドマンと裕太くんだけで足りない時のために、俺たちはいると思うし」

ヴィットは空いたカウンター席を眺めながら、落ち着いた口調で言った。普段そこに座っている仲間たちの意思を、まとめて伝えるかのように。

「だから、もう少し肩の力抜いてやったら？　俺みたく」

冗談めかしたアドバイスだったが、それは実に的確なものだった。

必要な時に、必要な分だけ行動する。

気負いすぎて体調を崩すまでに至った今の裕太にとって、ヴィットのスタンスは大いに見習うべきところがある。

　ヴィットの言葉で、胸の内の靄が少し晴れたような気がした。

「……はいっ！」

　自然、裕太の返事も力強いものになる。


　裕太がふとジャンクのモニターに目を向けると、グリッドマンが満足げに「うんうん」と頷いていた。

「グリッドマン、起きてたの!?」

〈ああ、常に起きている。私は睡眠を必要としない〉

「いや、ピクリともしないからてっきり……」

　裕太は肩を竦めて苦笑する。

〈私も少し、考えごとをしていた。気づけば裕太とヴィットが大切な話し合いをしていたので、聞き入っていたのだ〉

　グリッドマンは本当に真面目で、律儀だ。

〈裕太、私からも言わせて欲しい。君は本当によくやってくれている〉

　そしてその誠実な言葉は、聞く者に勇気を与える。

〈君だけではない。内海も、六花も……いつも私を助けてくれる。三人がいるからこそ、私は

戦い続けることができる。たとえ合体できなくても、内海たちとも私は一心同体なのだ〉
そんなグリッドマンだからこそ——裕太も、迷わず一緒に戦えるのだ。
〈だから……誇って欲しい。そして、これからもともに戦おう〉
裕太、そしてヴィットは思い思いに頷いた。

繰り返す時間。二度目の日々。

そう意識するせいで、どうしても「もっとしっかりやれたはずだ」と考えてしまっていたが
……もう、そんな苦悩は必要ない。

仲間たちとともに、今生きているこの世界、この時間を護るために精一杯やる。

それこそが最善を尽くすことなのだと、裕太は決意を固めた。

■

ヴィットに相談を持ちかけた翌日。

裕太と内海は揃ってぼーっとした表情のまま、学校からの帰途を歩いていた。

「来週は台高祭かー……」

何の感慨も無く呟く内海。

「男女逆転喫茶なのは変わらないんだね」

裕太はどうせもう一度同じ出し物を経験するなら、別の格好をしようと思っていた。

以前はセーラー服だったので、次はメイド服がいいだろうか。

ラインナップには各種職業の女性制服からアニメキャラの衣装まで、色々と揃っていた。

スクール水着を着ている男子もいたが、さすがにそこまでは吹っ切れられない。

頭の中で自分の着せ替えをシミュレーションするほど、裕太は二度目の男女逆転喫茶に前向きだったが……隣を歩く内海の顔色は優れない。

「俺たち……これからどうなるのかなー」

内海は不意にそんなことを口にした。

「え。この間みんなで話して、あの植物怪獣を倒せば状況が変わるかも、ってなったじゃん」

「それもあるけどさ。要は、こんな滅茶苦茶なことがあっさり起こる世界で、今のことが解決しても……その先はどうなるかなって話」

「……確かに、そうかも」

同意しつつも裕太は、内海がそんなことを言いだしたことを少々不思議に感じていた。

もしかすると内海は時間が戻った事実よりも、自分たちは時間が戻るような世界に生きているということをこそ、怖いと考え始めているのかもしれない。

あり得ないようなことが、次々に現実として起こる世界にいるのだと――改めて実感したせいで。

「でも今はとりあえず、あの怪獣を倒すことを考えようよ」

自分もつい最近まで不安に塗れていたのだ。裕太は、今の内海の気持ちがよくわかる。

だからこそ、激励するようにそう言ったのだが——

「喫茶店でも行って、ちょっとのんびりするか。なんか疲れたわ」

内海は頭の後ろで手を組み、気怠げにそう提案してきた。

「……？　六花ん家に行かなくていいの？」

裕太が質問すると、内海は抑えがちな声で質問を返した。

「なあ裕太。お前、あれから体調はどうなん。ホントによくなったか？」

「うん、大丈夫。多分、毎日色々考えすぎて、知恵熱でも出てただけだと思う」

高架下のトンネルを抜けたところで、裕太はそう答える。

「本当に本当か」

内海の声が、やけに遠く聞こえた。

振り返ると、内海はまだ高架下に立ち尽くしていた。

「内海……」

「……裕太、お前さ。グリッドマンと合体したせいで、どんどん衰弱してってる……なんてことないよな」

濃い影が落ち、内海（うつみ）の表情は窺（うかが）えない。

「寿命が削られてってるなんてこと……ないよな」

「それも、ウルトラシリーズの定石？」

「関係ないだろ！　関係ねーよ……!!」

裕太（ゆうた）が歩み寄ろうとすると、内海は激しい剣幕で捲（まく）し立（た）て始めた。

「俺はオタク入ってるからさ……ああすればこうすればって真剣に考えて話しても、ボラーさんたちは話半分にしか聞いてくれないんだ！　それは自業自得かもしれねーよ！」

裕太は踏み出した足を止めたまま、内海を見つめる。

「でもさ……！　どうしてみんな、もっと裕太のこと心配しないんだよ!!」

自分が裕太の代わりに戦えないいか。

そう提案するとボラーたちに「アクセスフラッシュしてみたいだけだろ」などと却下され、内海も笑って済ませていたが……内心は傷ついていたのだ。

「お前っ……グリッドマンなんだから、もっとヒーローもの観ろって！　戦い続けたせいで取り返しのつかないことになった戦士なんて、いくらでもいんだぞ！　絶対怖くなるって!!」

裕太は黙って、内海の言葉を受け止めていた。

「世界がこんなことになってんのに、俺は何の役にも立たない……裕太だけ負担が大きくなってくだけだ……。そんなのってないだろ……!!」

心に堆積した苦悩。

押しとどめておけるつもりだったそれを吐露せずにはいられないほどに、繰り返される時間は内海の心も追いつめていた。

肩で息をしながら、無力感に拳を握り締める内海。

裕太はそっと歩み寄ると、力強く内海の肩を掴む。

「俺には、内海や六花が必要だよ」

「俺が戦いの役に立った時なんて、あったか？」

伏し目がちに尋ねる内海に、裕太はすぐに例を挙げる。

「この前、キャリバーさんたちと戦うことになっちゃった時――」

「裕太だけがおかしいって感じて、グリッドマンを止めたんだろ。それでみんな助かったんだってな。裕太はすげーよ……」

戦いの後、グリッドマンが手放しに裕太を褒め称えていたのを思い出したのだろう。

内海は、やさぐれた口調で吐き捨てる。

「……違うよ。あの時俺が気づけたのは、内海のおかげなんだ」

「はあ!?　俺がどうして……」

「だって、キャリバーさんたちが合体したのと同じ見た目の怪獣と、グリッドマンが戦ってるんだよ？　いつもだったら内海が何か言ってくるはずなのに、一言も声が聞こえなかった。だから俺、何かおかしいって思って……グリッドマンを止めたんだ」

胸を張って打ち明ける裕太(ゆうた)。

「……？　それだけ？」

内海(うつみ)はそれを聞いて、ぽかんと口を開ける。

「うん、そうだけど」

どんなすごいことを告白してくれるのかと思えば、自分の声が聞こえなかったから、とは。

よほど普段から、自分のはしゃぎ声がグリッドマンに聞かれていると見える。

内海は口角を引きつらせ、複雑そうに笑った。

「はは……何だよ、それ。結局役に立ったって言えんのかね」

「立ってる」

「……そか」

内海は深々と溜息をついた。

だがその溜息は、鬱屈(うっくつ)も一緒に吐き出してくれたのだろう。

内海の顔から険が消え、口調も穏やかなものに戻った。

「でも……なんかいいな、そういうの。俺たちの声はいつも、裕太にちゃんと届いてるんだ」

当然のことのはずのその事実を、あらためて噛(か)みしめるように呟く内海。

「ボラーさんたちだって、話半分に聞いてたんじゃないよ。ちゃんと内海を心配してたじゃない」

「わ、わかってるっつーの。さっきはちょっと熱くなっちまってだな……」

思い出して恥ずかしくなったのか、言葉が萎んでいく。

裕太は柔らかに笑い、何かを思い出すように宙を見上げた。

「内海も、六花も……いつも私を助けてくれる。三人がいるからこそ、私は戦い続けることができる。たとえ合体できなくても、内海たちとも私は一心同体なのだ」

そう言うと裕太は、胸の前で力強く拳を握り締める。

口調以前に、その仕草は内海にある人物を連想させた。

「……それ、グリッドマンの物真似か？　めっちゃ雰囲気掴んでんじゃん」

「わかる？　この前、グリッドマンが言ってたことなんだ」

「わかるっての。そんなストレートにかっこいいこと言うの、グリッドマンしかいねーだろ」

苦笑し、高架下のトンネルから一歩進み出る内海。

「けどグリッドマンもさ、そういう名言は俺のいる時に言えよな～」

そうして内海は、陽の光の眩しさに眼を細めた。

「内海、心配かけてごめん。確かに俺、ずっと悩んで体調崩してたけど……今は大丈夫。色々吹っ切れたから」

「おー。俺も悪かったな。おかげ様で今、吹っ切れました」

裕太を拝むように手を合わせる内海。

「だから……俺、これからも戦うよ。それが俺にしかできない……俺のやるべきことだから」

裕太は、曇りのない顔つきで言った。

その言葉が、あまりにも眩しかったからだろう。

内海は腰に手を当て、空を見上げる。同じく眩い一面の青を。

あの空の青さも、そのさらに上に広がる真実をコーティングするものに過ぎなかった。

それでも青空を見上げるのは、悪くない。

見ているだけで、卑屈な気持ちも小さな苦悩も洗い流してくれるようだ。

内海は裕太を見つめ、深く頷く。

「……じゃ、その裕太を見守って、応援することが――俺にしかできない、俺のやるべきこと、だな」

裕太と内海は笑い合い、あらためて寄り道でもしていこうかと算段を立てる。

その時。裕太の左腕から、Gコールが鳴り響く。

内海はげんなりしながら頬をひくつかせた。

「どっかで俺たちの会話聞いてんじゃねーの、新条……」

「ちょっとタイミングよすぎだね……急ごう!!」

二人は頷き合うと、ジャンクショップ『絢』目指して走りだした。

■

裕太と内海が店に到着すると、すでにそこには六花（りっか）と新世紀中学生四人が揃っていた。

グリッドマンによると、今回も、出現した怪獣は二体。

前回倒しきれなかった怪獣がそのまま現れたと考えるのが、妥当かもしれない。

〈厳しい戦いになりそうだぞ……裕太！〉

グリッドマンの言葉を聞いて、誰ともなく全員出動を決意。ジャンクの前へと並び立つ。

「いこう、みんな」

裕太はリストバンドを外し、プライマルアクセプターを構える。


「アクセス……！　フラッシュ!!」

裕太のアクセスフラッシュと同時、マックスたちも一斉にアクセスコードを叫んだ。


「アクセスコード……グリッドマンキャリバー！」

「アクセスコード、バトルトラクトマックス!!」

「アクセスコード！　バスターボラーッ!!」

「アクセスコード――スカイヴィッター」

全員が光となってジャンクに吸い込まれていく。

「やっぱあの植物怪獣がリベンジに来たんだ！　気をつけろよ～グリッドマン、みんな……!!」

内海は画面いっぱいに闊歩する二体の植物怪獣に刮目しているが、六花は全く別のものを見ていた。

まるで導かれるかのように、怪獣の後ろにあるビルに視線が吸い寄せられたのだ。

六花は、そのビルの屋上にある人影を認め、驚愕のあまり立ち上がった。

「内海くん、私……ちょっと出かけてくる。あとよろしく！」

「えっ……おい、待てって六花っ!!」

内海の制止も虚しく、六花はジャンクショップ『絢』を飛び出していく。

「怪獣が暴れてる時、外出たら危ないって……自分が言ったくせに……」

内海は小さな恨み言を床にぶつけ、モニターへ視線を戻した。

一人で待つには、この秘密基地は広すぎる。

それでも、せめて自分だけはここに残って、裕太に声を届けなければいけない。

男と男の約束だから。


ビルの上に立っていたのは、確かに黒髪のアカネだった。以前もあの植物怪獣が現れた時に見かけたのは、やはり気のせいではなかったのだ。

アカネの真意を確かめたい。

逸る気持ちに衝き動かされ、六花は息を切らせて街を走る。

しかしそれは、あまりに迂闊な行為だった。

裕太たちは普段、新世紀中学生の面々に持ち回りで身辺を警護されている。

だが彼らが出動した状況では、それが適わないのだ。

「あっ……！」

一際大きな揺れに、六花が思わず足を止めた瞬間。

「————!!」

怪獣が暴れて舞い上がったらしき瓦礫が、真っ直ぐに飛んでくる。

視界が完全にコンクリート片で覆われた瞬間、六花は意識を手放した。

■

二体同時に出現した怪獣に対抗するため、新世紀中学生の面々は初手からパワードゼノンへと合体完了している。

一度は怪獣の策略に陥り、血で血を洗うような争いを演じたグリッドマンとパワードゼノン。しかしこうして勇ましく並び立つ両雄には、もはや微塵の憂いもない。

〈気をつけろ。また幻覚を見せてくるかもしれないぞ！〉

マックスが注意を促す。

が、謎の植物怪獣――α（アルファ）とσ（シグマ）、二体のガイヤロスは今回、白日の下にその姿を曝（さら）していた。

幻覚による攻撃を前回破られたためか、同じ戦法を用いてくる様子はない。

赤錆色の怪獣、ガイヤロスαがグリッドマンへと向かってくる。

背中の斑点から、数本の蔓（つる）が飛び出した。先端が槍の穂先のように尖ったそれを、グリッドマンへと突き出してくる。

タイミングの異なる無数の刺突は、勢いをつけるため上から杭打ちざまに落とされていく。

グリッドマンは連続後転で間一髪その攻撃を躱（かわ）していった。

数瞬前までグリッドマンが立っていた地面へ、執拗に蔓が打ち込まれていく。

〈たあっ！〉

後転の体勢から跳躍し、錐（きり）もみしながら飛び蹴りを浴びせるグリッドマン。

蹴りの一発で、ガイヤロスαの頭頂部が砕ける。

やはり植物ゆえか、普通の怪獣に比べて脆（もろ）い――が、植物だからこそ、再生も速い。

砕けて飛散した体片が地面に落ちるのさえ先置いて、ガイヤロスαの身体は完全再生を果たす。

グリッドマンがその超回復を目の当たりにして一瞬驚くと、その隙にガイヤロスαは鋭い鉤爪の付いた両腕を振り回し、応戦してきた。


一方パワードゼノンは、青錆色の怪獣、ガイヤロスσと相対していた。

ガイヤロスσは食虫花のように歪に割れた口から、小さな稲妻を発射。パワードゼノンが被弾した隙に、αと同じく背中から数本の蔓を出現させる。

それを束ね合わせて編み込み、さらに勢いよく捻りあげていく。

そうして丸太の太さを備えた鞭を完成させると、大きく撓らせて試し振りを始めた。

一振りでビルの外壁が容易く砕け、その破片が散弾のように飛散する。

鞭の剛打はやがてパワードゼノンを標的に変え、打ち込まれていく。

何度か身体を打たれてよろめくパワードゼノンだったが、やがて打たれた瞬間鞭の蔓を脇に抱え込み、巨大な拳で難なく握り掴んだ。

〈むおおおおおおおおおおっ!!〉

響きわたるマックスの咆哮。

気合い一閃、パワードゼノンはガイヤロスσを豪快に投げ飛ばす。

強かに地面に叩きつけられたガイヤロスσは、砕けたコンクリートを身体に纏わせながら二度三度とバウンド。

最後にはオフィスビルにまともに突っ込み、一階の全壊によって自重で崩落したビルの瓦礫で押し潰された。

〈～～～～～～～～～～～～〉

悲鳴を上げるガイヤロスσ。

巧のグリッドマン、剛のパワードゼノン、対照的な戦闘方法ながら、等しく二体のガイヤロスを追いつめていく。

〈はあああっ……！〉

グリッドマンは連続して拳や蹴りを打ち込み、最後はドロップキック。流れるようなラッシュで、ガイヤロスαを吹き飛ばした。

〈パワード！　ブレイカーッ!!〉

そしてパワードゼノンも、ガイヤロスσの攻撃の間隙を縫って強烈なアッパーカットを炸裂させる。

地面に叩きつけられたガイヤロスαの隣に、後を追うようにしてσも墜落したのを見届けると、グリッドマンとパワードゼノンは頷き合った。

グリッドマンが力を集束させたグランプライマルアクセプターを構え、パワードゼノンが戦斧パワードアックスを豪快に振りかぶる。

〈グリッドォォォ……ビ――――――――ムッ!!〉

〈〈〈〈ジャンボセイバー……スラッシュ!!〉〉〉〉

必殺の光線と一刀が、同時に炸裂した。

二体のガイヤロスはそれぞれ致命の一撃を刻まれ、全身を激しく放電させる。

勝利を確信し、踵（きびす）を返すグリッドマンとパワードゼノン。

しかし、彼らの背に爆風が届くことはなかった。

〈むっ！〉

異変に気づき、いち早く振り返るグリッドマン。

今にも爆発しそうに全身から火花を散らす二体のガイヤロスだが、互いに身体を球体状に丸め、捻り合うようにして凝着した。二体の動物が今際（いまわ）の際（きわ）に手を繋ぎ合うかのような、神秘的な光景だった。

そのシルエットは、左右非対称色の∞（メビウス）。

完全を示す五芒星がさらに二乗されたその先は、出口の無い環（わ）。永遠の迷図の象徴。

やはり裕太（ゆうた）たちの迷い込んだこの世界を象徴するかのような、不気味極まる形状だった。

死の放電が収まっていく。二体は互いの半身を繋げ、一体の巨大怪獣へと変貌していった。

融合した胴体から、二つの頭部がより一層迫り出（せりだ）してくる。

最後に背中の巨大な四つの孔（あな）から、長大な角が伸長した。

αとσで二身合体を完了した怪獣、ガイヤロス∞は雄叫びを上げ、大気を震わせる。

融合前は無感情で円らだった四つの瞳が鋭い狂暴性を帯び、グリッドマンとパワードゼノンを睨み付けた。

〈おいおい、あいつら合体しちまったぞ〉

〈じゃあ、こっちもやることは一つだね〉

怪獣の強化を目の当たりにしながら、ボラーとヴィットの声に動揺は微塵も無い。

〈今こそ全員の力、一つにする時だ!!〉

〈〈〈〈おう!!〉〉〉〉

グリッドマンの呼びかけに、パワードゼノンは四人全員の声で応じる。

意志を通わせ合うように互いの腕と腕を絡めた後、二体の巨神は渾身の力で大地を踏み抜き、怪獣目掛けて猛然と疾走した。

〈とうっ!〉

そして同時に跳躍すると、不可視のレールを滑るように肩を並べて飛翔する。

跳躍の頂点でパワードゼノンは四体のアシストウェポンへと分離し、グリッドマンを中心としたフォーメーションを展開。個々の変形を始める。

スカイヴィッターのメインボディが左右に割れ、脚部装甲に。

同じく左右に分離したバトルトラクトマックスが、両腕装甲に。

そしてバスターボラーが胸部装甲として合体し、シャフトで伸長させたキャタピラユニットで背面を武装。ツインドリルが肩上に突出する。

分離したスカイヴィッターのコックピットから短翼部が腰へと備え付けられ、長大な一本角を起こしたバスターボラーのヘッドギアを被る。

最後にグリッドマンキャリバーの巨大な鍔（つば）・アックスブレードが外れて盾状にオープンし、さらなる堅牢さをもたらすべく胸に合着する。

鍔を外したグリッドマンキャリバーを力強く握り締め、凛々しき眼光が刀身に反射した。

全てのアシストウェポンで総身を鎧（よろ）いし、グリッドマンの全力形態。

その名も――


〈〈〈〈超合体超人！　フルパワーグリッドマン!!〉〉〉〉


グリッドマン、新世紀中学生の声が勇ましく揃い踏む。

天空を煌（きら）めかせながら、雄々しく見得を切る。

フルパワーグリッドマンはグリッドマンキャリバーを背中に収めると、両脚のバーニアを徐々に減じながら降下。粛々と着地する。

一対一となった怪獣と超人が向き合う。

風は止み、音は消え、嵐の前の静けさが戦場を支配する。

静寂を破ったのは、ガイヤロス∞(メビウス)のけたたましい嘶(いなな)きだった。

そしてフルパワーグリッドマンも、バイザー越しに両目を発光させる。

ガイヤロス∞が全身を震わせると、背中から恐竜の背びれを思わせる巨大な翼が出現。

その巨大な二枚の翼をはためかせ、突風を巻き起こす。突風はブーメラン状の鋭いソニックブームへと転じ、猛然と飛翔した。

風の刃はフルパワーグリッドマンの胸部に備わった盾へ直撃した瞬間に微と砕け、または全身の装甲に弾かれてあらぬ方向へと飛んでゆく。

軌道が逸(そ)れた風の刃に最上階を斜めに寸断されたビルがずり落ち、地面へと落下した。ナイフを落としたチーズのように鋭利な切断面が、ガイヤロス∞の攻撃の凶悪さを物語っている。

間断無く飛来する風の刃。死神の鎌を次々と身体中に浴びせられながらも、フルパワーグリッドマンはものともせず前進する。

防御姿勢すら不要とばかりに、その歩みは威風堂々としていた。

〈むんっ!!〉

ガイヤロス∞の眼前まで辿り着いたフルパワーグリッドマンは、出会い頭に強烈なパンチをお見舞いした。

〈むおおおおおおっ!!〉

続けざまにガイヤロス∞の胴体を掴み、大上段に持ち上げてからの投げ落とし。

耳を劈くような叫びを上げながら地面を転がるガイヤロス∞。しかし、起き上がりざまに左右それぞれの頭部が突如として光ったかと思うと、口から赤と青の稲妻が螺旋を描いて発射された。

その威力は、一体ずつの時とは比べ物にならないほど強化されている。

対しフルパワーグリッドマンは、胸から紺碧の雷を放射。

〈ブレストスパーク!!〉

二つの電撃光線は両者の中間で激突し、爆発。衝撃だけで、周囲のビルがドミノ倒しに崩れていく。

ガイヤロス∞は青と赤に光る花粉のような粒子を周囲に拡散させ、大気中に連鎖爆発を巻き起こしていく。

爆炎に呑まれ、たたらを踏むフルパワーグリッドマン。

追い打ちをかけるべく、ガイヤロス∞が背中の斑点から何十本もの蔓を伸ばし、フルパワーグリッドマンへと殺到させる。

蔓はフルパワーグリッドマンの腕を脚を絡め取り、そのか細さからは想像もできないほどの膂力で締め上げてくる。

のみならず、ガイヤロス∞の放射した電撃が蔓を伝ってフルパワーグリッドマンへと直に注ぎ込まれていた。

〈ぐっ……〉

電撃が全身で弾け、苦しげに呻(うめ)くフルパワーグリッドマン。だが、負けじと腕部装甲の後部に備えられた十輪の車輪を猛噴射。その巨体が徐々に浮き上がる。

ガイヤロス∞も踏ん張ってこらえるが、ついに力負けを喫した。フルパワーグリッドマンに絡めた蔓で、逆に空高く持ち上げられていく。

腕部装甲の車輪のブースターの噴射角を変え、推進力へと転換。

力比べを不意に外され体勢を崩したガイヤロス∞へと、一直線に蹴りが叩き込まれた。

〈〈フルパワー……！　超伝導ッ！　キィ――――ック!!〉〉

マックスとグリッドマンの声が重なり合い、天空に尾を引く。

空中でキックを命中させたまま猛然と急墜。ガイヤロス∞を地面に叩きつけると、大轟音(ごうおん)と共に巨大なクレーターが形成された。

よろめきながら起き上がるガイヤロス∞。

フルパワーグリッドマンは背中にドッキングさせていたグリッドマンキャリバーを手にすると、両手で厳かに握り締めながら天へと掲げた。

〈フルパワァー……！　チャ――――ジッッ!!〉

衝き上げた金の刃から光がほとばしり、天空へと立ち昇る。

その光はフルパワーグリッドマンの全身へ広がり、黄金に染めてゆく。

極大の一撃の到来を予期し怯んだか、ガイヤロス∞は刃圏を逃れようと空高く舞い上がる。

そして追撃を阻むように、左右の口から渾身の稲妻光線を発射してきた。

しかし――フルパワーグリッドマンの必殺剣には間合いなど存在しない。

平和を脅かす怪獣を滅ぼすべく、その黄金の刃はどこまでも渡りを拡げる。

脚部ブースターが火を噴く。剣を構えたまま、周囲の建物が巻き込まれない高さまで浮上するフルパワーグリッドマン。

〈グリッドォォォォ………！〉

突き出した黄金剣は迫る赤と青の螺旋を斬り裂き、ガイヤロス∞へと一直線に突き進む。

狙うは左右に合体した二体もろともの同時斬裂。

通常の大上段からの一刀とは異なり、空を割る程の極大剣を横薙ぎに繰り出すフルパワーグリッドマン。


〈〈〈〈〈フルパワー！　フィニ――――ッシュ!!〉〉〉〉〉


魂をぶつけるように叫ぶグリッドマンと新世紀中学生たち。

斬撃の軌跡は空に黄金の日輪を描き、その上下で真っ二つに断ち割れたガイヤロス∞が全身をスパークさせていた。

今度こそ再生叶わぬ致命の一撃を刻まれ、断末魔の叫びを上げる。

空に咲いた爆華を背に、フルパワーグリッドマンは刀身の血糊(ちのり)を振るい落とすようにグリッドマンキャリバーを二度、三度と空薙(からな)ぎする。

輝く刃を背に収めた後、両拳を猛々しく握り、残心を決めるのだった。

■

「よっしゃあ！　やったぜグリッドマンッ!!」

合体怪獣と超合体超人。

両者の激闘を見守っていた内海(うつみ)も、グリッドマンの快勝に両拳を握り締めた。

しかし今は、この喜びを分かち合う仲間がいない。

「六花(りっか)、どこ行ってんだろうな……」

スマホを取り出して確認するも、送ったメッセージに既読がついていない。

一際激しい戦いだった。リセットされるとはいえ、街は相当の破壊を受けたことだろう。

こんな時に飛び出していった六花の安否が気がかりだった。

あらためて何か送っておこうかとスマホの画面を見ていると、ちょうどメッセージに既読マークがついた。

まさか戦いに巻き込まれてはいないかと心配したが、とりあえず六花(りっか)の無事は確認できた。

内海(うつみ)はほっとしてジャンクのモニターに目をやる。

フルパワーグリッドマンの万全の勇姿こそが、もう一人、安否を気遣っていた友人の無事の証明だ。

自分に何ができるかはわからない。

それでも直向(ひたむ)きに頑張り続ける裕太(ゆうた)を少しでも支えたいと、内海は願った。

■

ひどく柔らかく、温かな感触が逆に違和感となり、六花は眠りから覚めた。

一秒後には自分を押し潰す、無機質なコンクリートの香りを覚えている。

しかし鼻腔をくすぐったのは、懐かしく、優しい匂いだった。

「……気がついた」

顔の上から、声がかけられる。

ようやく自分が誰かに膝枕をされていたのだと気づき、六花は慌てて跳ね起きた。

はっきりとしない意識を引きずりながら立ち上がり、周囲を見渡す。

「えっ……」

どうやらここは、どこかのビルの屋上のようだ。

以前、グリッドマンとの戦いの最中にアカネの姿を認めた時も、やはりこのようなビルの屋上から戦いを見つめていた。

そのビルの屋上に設置されたベンチに座り、自分を膝枕していたのは……黒髪のアカネだ。

「仕方ないよ。私は間近で怪獣の戦いを見ないといけないの。そういう建前で創られたから」

「建前……？」

まるで六花の疑念を読んだかのように、的確な答えを投げてくるアカネ。

「新条アカネは――小者なんだよ。好き放題やって、自分は誰にもどうすることもできない、無敵の神様だなんて信じてたくせに……報復されたらどうしようって、怖くなった時があった。だから怪獣になりたいなんて嘘をついて、バックアップを作ろうとした……」

「バックアップ。それってアカネの……？」

「でもね、その時は起動しなかったんだ。だって、必要ないから……」

六花はまだ胡乱な意識が尾を引き、身体をよろめかせる。

アカネはもう一度膝枕を促すように、自分の太股を指で軽く叩いた。

「まだ休んでて。私の膝なら、いつでも貸してあげる」

厚意を拒み、六花はアカネの隣に腰を下ろした。

ベンチの端と端、二人の間には微妙な距離が開いている。

仕方なく、アカネは話を続けた。

「それなのに、今になって私は起動した」

「じゃああなたは、アカネのバックアップ、なの……？」

難しいことはよくわからない。

けれど新条アカネは怪獣を創ることができて、いま目の前にいるのはアカネが同じようにして創った身代わりのような存在。

おそらくそういうことなのだろうとは、考えることができた。


『私は、アカネの友達として生まれたの？』

『私の友達として、私の怪獣から作られたんだよ』


何故なら、自分の空想が信用に足るだけの絵空事を、アカネの口から聞かされたから。

「新条アカネの心の闇。それが私。だから黒なの」

自分の髪の毛を手の平で掬（すく）い、アカネはぞっとするような微笑（ほほえ）みを浮かべる。

自分がよろめいたのか、思わず後退（あとずさ）ったのか、六花には判断がつかなかった。

「うそ」

アカネはそう囁いてベンチから立ち上がると、もう一方の手で六花の髪の毛を手に取った。

自分と比べるため、互いの髪の毛をそっと重ねる。

「六花とおそろにしたかった、だけ」

どちらが本当の理由か、六花にはわからない。

だが少なくとも本当のアカネはもっと剽軽に、「うっそ〜」と満面の笑顔で言うのが癖だ。

彼女はアカネの癖を、仕草を、無理に真似しているように思える。

「あなたがアカネのバックアップ……そういう存在だっていうのは、わかった。けどそれじゃあ、本物のアカネはどこにいるの」

「わからない。……でも、神様は二人もいらない。揉めるよ」

バックアップとはいえ、アカネはアカネ。

神様は神様。

自分も同等の存在なのだと、このアカネは今はっきりと宣言したのだ。

「六花は私の方がいいでしょ？　悪いことをしない、怒らない、仲良くしてくれる……六花にとっての理想の新条アカネが、私なんだから」

「悪いことをしないって……怪獣は!?」

「言ったでしょ、私はバックアップ。新条アカネの在り方に振り回される存在。怪獣を創らずにはいられないんだ……」

人の営みを無慈悲に破壊し、思い出を消し去る。

怪獣を創り出すという行為そのものが悪に繋がると、このアカネは自覚していない。

身体に揺れを感じ、六花はよろめく。

グリッドマンが戦っている場所からはかなり離れた建物にいるようだが、それでもあの巨体の戦い。震動は容易にここまで届き、戦いの苛烈さを伝える。

「気にならないの？　グリッドマンの戦い」

六花は、アカネを見つめたまま少しも視線を逸らそうとしない。

「グリッドマンは、絶対に勝つ。それより今は……アカネ」

「何で、そんな目で見るの。私、頑張ったのに。元のアカネよりもずっと、もっと、六花の理想になるように振る舞ってるのに」

この黒髪のアカネがしばらくのあいだ六花たちと距離を取っていたのは、本物のアカネをより完全に模倣するための時間が必要だったからだ。

植物が花を咲かせるのを待つように。種が芽吹き、少しずつ育っていたのだ。

けれど悲しいかな、彼女はアカネの本質を模倣できていない。

「理想になんて、ならなくていいよ。それより、私たちを本当の世界に帰して」

「グリッドマンが来るまで、自分がどんな世界に住んでいるか知りもしなかった六花が、本当の世界がどうとか言うの」

六花は言葉を失う。

元の時間で初めて、地平の彼方に立つ怪獣を見た時。怪獣の存在を認識した時。

自分がそれまでどれほど危うい世界に住んでいたのかと、愕然としたのを覚えている。

「ねえ、本当の世界って何」

アカネは、無表情へ無理矢理笑みを貼り付ける。

そうして、乾いた声で問うてきた。

「みんな、普通に生活できてる。普通に生きてる。それでもここは、ニセモノの世界なの？」

六花には、何も反論できない。

創られた世界で何不自由なく、何の疑問も持たなかった自分。

同じように学校に行き、同じように友達と語らい、そして……同じように、グリッドマンと怪獣の戦いの傍観者となる。

この世界が偽物かと問われれば、ぐうの音も出ないほどに本物だった。

それでも六花は、アカネに眼差しで拒絶の意思を示した。

全てが本物と同じ世界の中で。たった一つだけ、決定的な違いを縁として。

「ここには……アカネがいない」

六花は絞り出すように呟く。

元いた世界も、何が本当か嘘かわからない、儚い現実だった。

そんな中でアカネの存在だけが、六花にとっての真実だったのだ。

「元の世界に戻れば、いつもの私に会える。それがそんなに大切なら、それでもいいよ」

黒いアカネはゆっくりとベンチから立ち上がる。

「でも、あっちのアカネは六花のこと、友達だなんて思ってないよ」

そして淡々と突き放すように言いながら、ベンチに座った六花の後ろへと回る。

「アカネは友達という役割を与えた作り物を観察してるだけ。今はまだ許容範囲内だから見逃してるだけで、もう少しイラつかせることを言ったら、六花だって殺されるよ」

六花はいつかバスの中でそうされたように、椅子越しに背中から抱き締められる。

「そんな、いつ殺されるかわからない世界なんて、それこそ偽物だよ。……ね？　私の方がいいでしょ？」

彼女の抱擁は、ジェットコースターの安全バーと同じだ。

決して解放すまいという、固い意志のようなものを感じさせる。

「あ……」

空が金色に色づいていくのを見て、六花は小さく振り返った。

彼方の地平から黄金の柱が立ち昇り、程なく空に極大の円環が描かれた。

「また、倒されちゃった。やっぱり強いね、グリッドマン」

怪獣の敗北を悟り、鼻白むアカネ。

そこに怒りや悔しさなどはなく、見えるとすれば失意のみだった。

「……これで、元の世界に戻るんだね」

六花は安堵の息をこぼした。

グリッドマンやボラーたちが言っていた。今戦っている植物の怪獣は幻覚を見せる力を持っていて、この世界からはその怪獣を倒すことで解放されるだろうと。

アカネは六花を見やると、唇を引き結ぶ。

しかしすぐに昏い微笑みを浮かべ、六花の耳元で囁いた。


「――――戻らないよ」


その声のあまりの冷たさに、六花はぞっとして息を呑んだ。

「いつもみたいに、怪獣が一体殺された。それだけだよ。何を言ってるの？　やっぱり六花は面白いね……」

それも、本物のアカネが言った言葉だ。「六花は面白いね」と。

思い出をいたずらに模倣されているようだった。

「でもいいんだ。もうすぐ、〝終わりの怪獣〟が完成するから」

「何、それ……」

「グリッドマンには、もっともっと怪獣を倒してもらうよ。だから私は、響くんをずっと見てる」

おもちゃで遊んでいるかのような、アカネの無垢な笑み。

身体の不調を押し殺し、自分が戦うと言った裕太の笑顔。

二人の顔が交錯し、いてもいられずに六花は立ち上がった。

「やめてっ……アカネ!!」

抱擁を振り解かれたアカネは、一瞬信じられないといったふうに固まる。

やがて無機質な声音に戻ると、先ほどの話を続けた。

「そろそろ、また〝最初〟に戻るよ。ここはそういう世界だから。けれど、倒された怪獣の数だけは積み重なっていく。重なるほどに、完成に近づく」

「何だよそれ……何するつもりっ!!」

「それまでに……決めて。どっちの世界がいいか、選んで。私は六花が選んだ方に従うから」

「私っ……!?　なんで……!!」

六花の必死の言葉にも、アカネは耳を貸そうとはしない。一方的に自分の言いたいことを語り聞かせるだけだ。

「グリッドマンでも、響くんでもない。この世界をどうするのか、六花が決めるの」

激しく動揺し、頭を押さえて俯く六花。

再び見上げた時、もうそこにアカネの姿はなかった。

「どういうこと……私、どうすればいいの……!!」

震える六花の声は、誰にも届かない。

ただ虚しく、空に消えていくだけだった。

色とりどりのケーブルが幾重にも絡みあい、ついには結晶し、それが建造物を形作る。電気回路が大地を彩り、機械部品が木々となって樹立する。

ここは神秘の電子世界、コンピュータ・ワールド。その真の姿。

剥き出しとなった電子の世界の只中。ケーブルでできたビルの上に立ち、神は自らの手で舗装した世界を俯瞰(ふかん)していた。

「何、してんの、アイツ……」

しかし神は――本当の新条(しんじょう)アカネは、戸惑いと怒りで戦慄(わなな)いている。

自分と同じ姿をし、次第次第に性格まで模倣し始めた偽者を前に、感情の行き場を失っている。

「私の姿で……私の顔で……私の世界に、何してんの……ねえ、アレクシス――」

実体化し、アカネの後ろで影のように控えていたアレクシスが、場違いなほど悠長な声で答えた。

〈おや、覚えていないのかい？　あれは君が、前に創ったものじゃないか〉

「何それ、知らない……私、知らないから……！」

〈アカネくんが怪獣の気分を味わってみたいと言っていた、あれだよ。今にして思えばそれこそが、オートインテリジェンス怪獣の習作だったんだねえ〉

「習作……？　あっ……」

苛立たしげに記憶を辿り、アカネはようやくアレクシスの指すものに思い至った。

アカネは、つまらないものへはすぐに興味を無くす。

失敗した怪獣など、彼女にとって興醒めの最たるものだ。思い出すのに時間がかかるのも、無理はない。

「だってあれは、失敗して……起動しなくて……！」

〈うーん。それが今になって、勝手に動き出したみたいなんだ〉

勝手に、という言葉を強調するアレクシス。

自分は何も手出ししていないと、先手を打って弁明するかのように。

〈すごいねえ。きっと、アカネくんが成長したからだよ〉

そして、大袈裟(おおげさ)なほどにアカネを讃えることも忘れない。

「違うから……。私が創りたかったのは、私の完璧なバックアップなのに……。あんなの、私じゃないじゃん。――あんなつまんない怪獣、私は……創らないじゃんっ……！」

震えながら、慎ましく怒気を発散させるアカネ。

今の彼女にはまだ、癇癪（かんしゃく）を起こすだけの気力もない。

〈その通り。自分をもう一人の神だと信じて奮闘している、悲しい怪獣さ〉

そんなアカネを見て満足そうに笑うと、アレクシスは優しく語りかける。

「アレが怪獣を創るのを手助けしたのはアレクシスでしょ……私に黙ってアンチの持ち込みを実体化させたり、どうして勝手なことばっかりするの……！」

〈もちろん、アカネくんのためを思ってのことさ。ちょっとスランプなようだから、ね〉

「……。私の……」

〈ものは考えようだよ、アカネくん〉

アカネは徐々に冷静さを取り戻していくが、それでも声に震えは残っている。

〈彼女はいずれグリッドマンに倒されてしまうだろうが、それでもいいじゃないか。その間に、多くの閃（ひらめ）きやヒントを君に残してくれるはずだ〉

「ヒント……私がグリッドマンに勝つ、ヒント……」

慰撫（いぶ）の囁（ささや）きに気性を鎮めていくアカネ。

控え目にはっと息を呑む。早くも、なにがしかの閃きを得たのかもしれない。

しかしその目には未だ、理解を外れたイレギュラーな存在への不安が滲（にじ）んでいる。

〈気軽に観察でもしながら、ゆっくりと英気を養うといい。さらなるクリエイティビティを刺激するには、休息も必要だよ〉

語気を激しく荒らげるより、慈愛に満ちた言葉をかける方が有無を言わさぬ強制力を持ちうることがある。

アカネは、アレクシスの説得を呑まざるを得ない。

神とは本来、他者の力など必要としない絶対の存在。

その神が不安を覚えた時……頼れるのは、自分の傍にいる者だけ。

たとえそれが本性を笑顔の仮面で隠した、悪魔だとしても。

アカネは今一度、黒髪の自分を睨みつける。

六花へと虚ろな微笑みを向ける、偽りの自分に。


「あいつ……何をしようとしてるの」


矢印を外れたプログラムは、何の役にも立たないと黒いアカネは言った。

しかし時に、組み方を間違えたプログラムでも制作者の意図を超えて予期せぬ動きを見せることがある。

自分を神と信じ込んでいるだけの偽者と揶揄された少女の暴走。

それはこの世界を、さらなる渾沌へと導こうとしていた。

続く

SSSS.GRIDMAN NOVELIZATIONS Vol.1
～もう一人の神～

水沢 夢

発行　2019年9月24日　初版第1刷発行

発行人　立川義剛

編集人　星野博規

編集　濱田廣幸

発行所　株式会社小学館
〒101-8001 東京都千代田区一ツ橋2-3-1
［編集］03-3230-9343 ［販売］03-5281-3556

カバー印刷　株式会社美松堂

印刷　図書印刷株式会社

製本　株式会社若林製本工場

Printed in Japan ISBN978-4-09-461126-7